半次と十兵衛捕物帳

極楽横丁の鬼

鳥羽 亮

幻冬舎時代小説文庫

半次と十兵衛捕物帳

極楽横丁の鬼

目次

第一章　亀吉無残

1

浅草平右衛門町《へいえもんちょう》――

四ツ半（午後十一時）ごろだった。ヒュウ、ヒュウと風が吹いていた。風は通り沿いの表店《おもてだな》の看板や板戸をたたきながら、吹き抜けていく。

通り沿いに多賀屋《たがや》という米問屋の大店があった、その軒下の闇のなかに、いくつもの人影があった。

七人いる。いずれも、黒装束に身をつつみ、黒布で頰《ほ》っかむりしていた。盗賊らしい。一味のなかに、小袖にたっつけ袴《ばかま》、腰に大刀を差している男がふたりいた。武士であろうか。ひとりは中背で、もうひとりは大兵《だいひょう》だった。ふたりとも胸板が厚く、腰が据わっていた。武芸の修行で鍛えた体かもしれない。

「伊造《いぞう》、くぐりを破れ」

賊のひとりが低い声で言った。壮年であろうか、錆声《さびごえ》の主《ぬし》である。

「へい」

伊造と呼ばれた男が、大戸の脇のくぐり戸の前に立った。大柄で、がっちりした体軀《たいく》だった。

伊造は腰にぶら下げてきた鉈《なた》を取り出すと、くぐり戸にたたきつけた。強力《ごうりき》の主らしい。ベキッ、という大きな音がし、鉈はくぐり戸の板を切り割った。音は大きかったが、風音に紛れた。伊造はすこし間をおいて三度鉈をふるい、破れた板をはぎ取ると、右手をつっ込んだ。

伊造はいっとき手をつっ込んだまま何やらしていたが、「あきやすぜ」と言って、くぐり戸をあけた。戸の閂《かんぬき》か、さるでもはずしたようだ。さるは戸の框《かまち》に取り付けてある木片で、敷居や柱の穴に差し込んで戸締まりをする。

七人の賊は、次々にくぐり戸から侵入した。

店のなかは、暗かった。それでも明り取りの窓から、かすかに月明りが入るらしく、ひろい土間とそれにつづく板間が見てとれた。

七人の男は土間のなかほどに集まり、店のなかに目をやった。辺りに人影はなく、ひっそりと静まっている。

板間の左手に帳場格子《ちょうばごうし》があった。帳場机やその後ろに下がっている帳面類も、ぼんやりと識別できる。

「帳場の脇に、行灯《あんどん》がある。佐吉《さきち》、火を点《つ》けろ」

錆声の男が、脇にいる小柄な男に声をかけた。どうやら、この男が一味の頭目らしい。小柄な男はすぐに板間に上がり、帳場の脇へ行った。そして、置いてある行灯のそばに膝をおり、何やら懐から取り出した。すぐに、石を打つ音がし、ボッと闇が明らんだ。火打ち石を使い、付木《つけぎ》に火を点けたらしい。

行灯に火が入り、板間が急に明るくなった。男たちは、土間から板間に上がり、帳場格子の前に集まった。

「番頭を連れてこい。……番頭部屋は、廊下の右手にあるはずだ」

頭目らしい男が、声をひそめて言った。

「へい」

伊造が応え、すぐに四人の男がその場を離れた。そのなかに、大兵の武士らしい男もひとりまじっていた。

　四人は、足音を忍ばせて帳場の脇から奥へつづく廊下にむかった。その場に残ったのは、頭目と中背の武士、それに、痩《や》せた男だった。頰っかむりの間から、双眸《そうぼう》がうすくひかっている。餓狼《がろう》を思わせるような目である。

　それから小半刻《こはんとき》（三十分）ほど後――。

　帳場に初老の男が、引き出された。多賀屋の番頭、徳蔵《とくぞう》である。徳蔵は寝ているところを起こされ、そのまま連れてこられたらしく寝間着姿だった。恐怖に顔をひき攣《つ》らせ、激しく身を顫《ふる》わせている。

「どうだ、目を覚ましたやつはいねえか」

　頭目が、小声で伊造に訊《き》いた。

「へい、奉公人たちは白川夜船《しらかわよふね》でさァ」

　伊造が、口許《くちもと》に薄笑いを浮かべて言った。

「そいつはいい」

　頭目はあらためて徳蔵に目をむけ、

「番頭、内蔵の鍵はどこだ？」

と、低い声で訊いた。

「……て、てまえは、知りません」

徳蔵が、声を震わせて言った。

「おめえが、内蔵の鍵を知らねえことはあるめえ。……白を切る気なら、おめえをここで殺し、代わりにあるじを連れてくるまでだ」

頭目が言うと、脇にいた中背の武士が、腰の刀を抜き、切っ先を徳蔵の鼻先にむけた。刀身が行灯の灯を反射《はね》て、血濡れたようにひかっている。

「番頭、内蔵の鍵はどこだい」

頭目が語気を強めて訊いた。

「そ、そこの、小簞笥《こだんす》のなかに……」

番頭が、顫えながら帳場机の後ろの小簞笥を指差した。

すると、すぐに小柄な男が小簞笥のそばに行き、引き出しをあけると鍵を手にしてもどってきた。

「頭、ありやしたぜ」

「よし。……番頭、おめえもいっしょにきな」

頭目が番頭を連れて廊下にむかった。

頭目の後に四人の男がつき、その場にふたりだけ残った。残ったのは、中背の武士と瘦せた男である。ふたりは板間に立ったまま、戸口や頭目たちがむかった廊下の先に目をむけている。

それから、しばらくして頭目をはじめ、五人の賊がもどってきた。賊のふたりが千両箱をふたつ、担いでいる。番頭はふたりの男に手をとられ、蒼《あお》ざめた顔をしていた。

「千両箱が、ふたつか」

中背の武士が言った。

「おれの睨《にら》んだとおりだ」

頭目の口許に、薄笑いが浮いている。

「頭、番頭の用はすみやしたか」

瘦せた男が、低い声で訊いた。

「留《とめ》、片付けちまいな」

「へい」

留と呼ばれた男は懐《ふところ》に右手をつっ込み、匕首《あいくち》を取り出すと、番頭の前に立った。

番頭のそばにいた男たちが、すばやく身を引いた。

ヒイッ！

番頭が、喉をひき攣らせたような悲鳴を上げて後じさった。

すると、男は匕首を顎《あご》のあたりに構え、いきなり前に跳んだ。一瞬の動きである。

黒装束ということもあって、獰猛《どうもう》な獣が獲物に飛びかかったように見えた。顎の前に構えた匕首が牙のようである。

男の手にした匕首が一閃《いっせん》した。

次の瞬間、番頭の首から血が驟雨《しゅうう》のように飛び散った。男が、匕首で番頭の喉を掻《か》き斬ったのである。

板間に、バラバラと血が飛んだ。

番頭は血を撒《ま》きながらよろめき、腰からくずれるように転倒した。

俯《うつぶ》せに倒れた番頭の首から噴出した血が、赤い花弁を撒き散らしたように床板を染めていく。

「行くぜ」

頭目が、男たちに声をかけた。

盗賊は、千両箱を担いでくぐり戸から通りに出た。

まだ、風が吹いていた。ヒュウ、ヒュウ、と物悲しい音をたてて人気《ひとけ》のない通りを吹き抜けていく。


七人の賊は、神田川沿いの通りに出た。川沿いの道を西にむかって走っていく。

通り沿いの表店は夜の帳《とばり》につつまれ、洩《も》れてくる灯もなくひっそりと寝静まっていた。辺りに人影はなく、川岸に群生した葦《あし》が風にザワザワと揺れている。

頭上に十六夜《いざよい》の月が出ていた。黒雲が風に流れ、ときおり月を覆い、辺りを深い闇につつんでいた。

七人が神田川にかかる新シ橋《あたらしばし》の近くまで来たときだった。いきなり、橋のたもとに人影があらわれた。

両掛けの屋台を天秤棒《てんびんぼう》で担いでいた。夜鷹《よたか》そば屋である。肌の浅黒い、丸顔の親《おや》爺《じ》だった。親爺は柳原通りから新シ橋を渡って、こちら側のたもとに出たようだ。

親爺は風に揺れる屋台を手で押さえながら歩いてくる。七人の賊がすぐ近くまで来ていたが、気付かないようだ。風に揺れる屋台に気を取られていたからであろう。

七人の賊が十間《じっけん》ほどに近付いたとき、親爺が足をとめた。驚いたように目を剝《む》いて、迫ってくる賊を見つめている。

「おれの出番だな」

言いざま中背の武士が抜刀し、いきなり疾走した。

八相に構えた刀身が月光を映じて青白くひかり、夜陰を切り裂いて、親爺に迫っていく。

「助けて！」

親爺が屋台を置き、慌てて逃げようとして反転した。

そこへ、武士が走りより、背後から斬りつけた。

袈裟《けさ》へ――。

ザクリ、と親爺の着物が裂け、体が横にかしいだ。次の瞬間、肩口から血が奔騰《ほんとう》した。親爺は絶叫を上げて前に泳ぎ、川岸に植えられた柳の幹に肩が突き当たって転倒した。

親爺は手足をもがくように動かし、何とか立ち上がろうとしたが、すぐに首が落ちて動かなくなった。

「たわいない」

武士は低い声でつぶやくと、血濡れた刀に血振《ちぶ》り（刀身を振って血を切ること）をくれてから納刀した。

「旦那、行きやすぜ」

頭目が武士に声をかけ、七人の賊は川沿いの道を西にむかった。

2

……兄い！　半次《はんじ》兄い！

戸口で、浜吉《はまきち》が声を上げた。

その声で、半次は目を覚ました。体にかけていた掻巻《かいまき》から首を伸ばし、

「うるせえなァ。……朝っぱらから、でけえ声出すなよ」

と、寝ぼけ眼《まなこ》で戸口を見ながら言った。

「まったく、兄いは、寝坊助《ねぼすけ》なんだからよ。もう、五ツ半（午前九時）には、なりやすぜ」

浜吉が、土間で足踏みしながら苛立《いらだ》ったように言った。

半次は朝寝坊だった。夜寝るのが遅いせいもあるのだが、陽《ひ》が高くなっても寝ていることが多かった。

半次が住んでいるのは、浅草元鳥越町《もととりごえちょう》の権兵衛店《ごんべえだな》だが、長屋の住人からは「寝ぼけの半次」とか「なまけの半次」と呼ばれている。

半次は二十四歳。面長で鼻筋が通り、なかなかの面立ちだった。ただ、だらしない暮らしぶりと、いつも懐が寂しいこともあって、女にはもてないようだ。

半次の生業《なりわい》は屋根葺《ふ》き職人だったが、仕事にはあまり行かなかった。朝寝坊のせいもあるが、若いころ、親方と喧嘩して縁を切られ、屋根葺きの仕事がほとんどなくなってしまったのだ。

界隈で、権兵衛店はふきよせ長屋とかふきだまり長屋と呼ばれていた。半次のように真っ当な仕事のない者、老いた易者《えきしゃ》、売れない絵師、牢人など、あぶれ者の吹き溜《だ》まりのような長屋だったからである。

「……起きるかな」

半次は身を起こすと、アアア……と、両手を突き上げて伸びをした。

「兄い！　大変ですぜ」

浜吉が、口をとがらせて言った。

歳は、十七、八。仕事は鳶《とび》である。ちかごろ、権兵衛店に住むようになったのだが、半次のことを兄いと呼んでいる。

「何があったんだ？」

「人殺しでさァ！　新シ橋の近くですぜ」

浜吉が、目を剝いて言った。

「人殺しだと……。何も、おれが、出張ることたァねえやな」

半次が間延びした声で言った。

半次は、北町奉行所、定廻り同心の岡倉彦次郎《おかくらひこじろう》に頼まれ、事件の探索にあたることがあった。岡っ引きにちがいなかったが、事件にかかわるのは岡倉に頼まれたときだけである。一方、浜吉は長屋に越してくる前まで、峰五郎《みねごろう》という岡っ引きの手先をしていた。ところが、事件の探索にあたっていた峰五郎が、下手人一味に殺されてしまった。その後、浜吉は半次とともに事件の探索にあたり、下手人一味をお縄にした。そうしたことがあって、浜吉は半次を兄いと呼び、勝手に半次の下っ引きのように振る舞っているのだ。

「それが、殺《や》られたのは、この長屋の男ですぜ」

浜吉が、急にけわしい顔をした。

「なに、長屋の男だと！」

思わず、半次が声を上げた。

「へい、亀吉《かめきち》ってえ名だそうで」

「夜鷹そば屋か！」

半次は、亀吉を知っていた。女房のお梅《うめ》と娘のおときの三人暮らしである。夜鷹そば屋を生業にしていた。

浜吉は長屋に越してきて間がないので、亀吉のことは知らないらしい。

「こうしちゃァいられねえ」

半次は急いで寝間着を脱ぎ捨て、部屋の隅に掛けてあった小袖に着替えた。

「浜吉、行くぜ」

半次と浜吉は、土間から外に飛び出した。ふたりが、路地木戸の方へ走りだすと、後ろから、

「半次！　待て」

と、声がかかった。

長屋の住人の谷崎十兵衛《たにざきじゅうべえ》である。谷崎のそばに、熊造《くまぞう》の姿があった。熊造も、長屋に住んでいる。

「亀吉のところへ行くのか」

十兵衛が訊いた。

「へい」

「おれたちも、そうだ」

十兵衛と熊造が、半次に駆け寄ってきた。どうやら、ふたりも亀吉が殺されたことを耳にし、家から飛び出してきたらしい。

十兵衛は牢人で、口入れ屋を通して日傭取《ひようと》りをしていた。歳は四十がらみ、眉が濃く、頤《おとがい》が張っている。武辺者《ぶへんしゃ》らしい、いかつい面構えをしていた。ただ、格好はうらぶれた貧乏牢人そのものである。

色褪《いろあ》せた小袖の肩には継ぎ当てがあり、羊羹色《ようかんいろ》の袴はよれよれで、裾《すそ》がすこし擦り切れていた。総髪はぼさぼさで、無精髭《ぶしょうひげ》が伸びている。それでも、武士らしく黒鞘《くろざや》の大刀を一本腰に差していた。

十兵衛は無類の酒好きだった。顔が酒焼けして、赭黒《あかぐろ》く染まっている。長屋の住人たちは陰で、十兵衛のことを「飲兵衛の旦那」とか「飲んだくれの旦那」と呼んでいた。

十兵衛は、紀乃《よしの》という娘とふたりで長屋に住んでいた。

「いってえ、だれが、亀吉を殺《や》ったのかな」

熊造が顔をしかめた。

熊造はその名のとおり、熊のような大男だった。髭が濃く、陽に灼《や》けた赭黒い顔をしていた。腰切り半纏《ばんてん》に褌《ふんどし》ひとつの格好で、あらわになった胸や足は毛むくじゃらである。

生業は日傭取り。巨漢の上に強力だったので、他人《ひと》の二倍は稼いだ。もっとも、飲み食いも他人の二倍なので、稼いだ銭も残らないようだ。

「ともかく、行ってみよう」

「そうだな」

十兵衛がうなずいた。

半次たち四人は、長屋の路地木戸から路地に出た。

長屋の住人らしい男や女房らしい女などが、路地の先に見えた。慌てた様子で、神田川の方へ向かっていく。おそらく、亀吉が殺されたと聞いて、現場に駆け付けるつもりなのだろう。

半次たち四人は、神田川沿いの通りに出た。人影は多かった。秋の陽射《ひざ》しのなかを、ぼてふり、風呂敷包みを背負った行商人、町娘、供連れの武士などが行き交っている。

しばらく、川沿いの道を西にむかうと、前方に神田川にかかる新シ橋が見えてきた。

「兄い、あそこですぜ」

浜吉が前方を指差した。

川岸近くに、人だかりができていた。通りすがりの野次馬が多いようだが、岡っ引きらしい男の姿もあった。

3

　半次たちが、人だかりの後ろまで来ると、女の泣き声が聞こえた。胸が裂けるような悲痛な声である。泣いているのは、亀吉が殺されたことを知って駆け付けた女房のお梅か、娘のおときではあるまいか。

「前をあけてくんな」

　熊造が、人だかりの後ろから怒鳴った。

　集まっていた野次馬たちは後ろを振り返り、慌てて道をあけた。熊のような大男と、いかつい顔をした十兵衛が立っているのを見て、恐れをなしたようだ。

　川岸近くの柳の根元に、男がひとり横たわっていた。殺された亀吉らしい。

　亀吉にすがりついて、おときが泣いていた。お梅はおときの脇にへたり込み、両手で顔をおおっている。お梅からも、嗚咽《おえつ》が聞こえてきた。

　そのお梅とおときの後ろに、忠兵衛《ちゅうべえ》と竹六《たけろく》がいた。ふたりとも、権兵衛店の住人である。半次たちと同じように亀吉が殺されたことを聞いて、駆け付けたのだろう。

半次たちは、横たわっている亀吉にそっと近付いた。

忠兵衛が半次たちを目にし、

「み、見てくれ、亀吉の姿を……」

と声をつまらせて言い、横たわっている亀吉に目をやった。

忠兵衛は還暦に近い老齢だった。痩身で首が細く、喉仏が突き出ている。落ち窪《くぼ》んだ目が、しょぼしょぼしていた。涙ぐんでいる。

半次と十兵衛は、横たわっている亀吉の脇に立った。亀吉は俯せに倒れ、顔だけねじるようにして、横をむいている。

亀吉は目を剝き、口をあけたまま死んでいた。肩から背にかけて、血まみれだった。柳の根元近くの地面が、小桶《こおけ》で血を撒いたように赭黒く染まっている。

十兵衛が亀吉のそばに屈《かが》み込み、

「後ろから、袈裟に斬られたようだ」

と、小声でつぶやいた。

十兵衛の顔がひきしまり、双眸が強いひかりを帯びている。ひとのよさそうな表情が消え、剣客《けんかく》らしい凄《すご》みがある。

「下手人は刀を遣ったんですかい」

半次が訊いた。

「まちがいない。亀吉の後ろから、袈裟に斬りつけたのだ。下手人は腕のたつ武士とみていいな」

十兵衛は長屋で牢人暮らしをしていたが、中西派一刀流の遣い手だった。刀傷を見て、斬った者の太刀筋や腕のほどを見抜く目をもっている。

十兵衛は御家人の谷崎家の三男に生まれた。兄ふたりがいたので、どうあがいても家を継ぐことはできない。そのため、十兵衛は剣で身を立てようと思い、下谷練《したやねり》塀小路《べいこうじ》にあった中西派一刀流の道場に通ったのだ。

十兵衛は剣術が好きで熱心に稽古にとりくんだこともあり、二十歳を超えるころには、一刀流の遣い手として知られるようになった。

ところが、酒で失敗した。十兵衛は無類の酒好きだったこともあって、金があると、酒屋や居酒屋などに立ち寄って酒を飲んだ。そして、酔ったまま稽古に行き、兄弟子に強く叱責された。

あまりの暴言に、カッとした十兵衛は、酒に酔って自制心を失っていたこともあって、木刀で兄弟子を殴りつけてしまった。

兄弟子は落命こそしなかったが、右腕の骨を砕かれ、木刀や刀もまともに握れなくなってしまった。それが原因で、十兵衛は道場を破門され、家にもいられなくなり、長屋住まいをするようになったのである。

「辻斬《つじぎ》りに、やられたんですかい」

熊造が、小声で訊いた。

「辻斬りとは、思えねえ」

半次は、辻斬りが亀吉を狙うとは思えなかった。夜鷹そば屋が、大金を持っているとは思わないだろうし、腕試しにもならない。

路傍に、亀吉が担いでいたと思われる夜鷹そばの屋台が置いてあった。亀吉は商売の帰りに、ここまで来て災難にあったらしい。

半次たちが亀吉の死体に目をやっていると、後ろからひとが近付いてくる気配がした。岡っ引きの達造《たつぞう》だった。達造は浅草茅町《かやちょう》に住んでいるので、ここから近かった。達造は、定廻り同心の岡倉に手札をもらっている男で、半次は岡倉に頼まれ、達造といっしょに事件の探索にあたったこともあった。

「半次、亀吉は長屋の者だそうだな」

達造が、半次に訊いた。

達造は四十がらみだった。赤ら顔で、分厚い唇をしていた。悪党面《あくとうづら》だが、気立てのいい男である。

「そうだ。……茅町の、だれが亀吉を殺ったんだい？」

半次の声には、怒りのひびきがあった。

「まだ、何も分からねえ。辻斬りや追剝《おいは》ぎじゃァねえようだし……。半次、何か思い当たることはねえのか」

「ねえ」

半次は、すぐに応えた。

「昨夜《ゆうべ》は、いろいろあったようだな。……半次、おめえも岡倉の旦那に、探索を頼まれるかもしれねえぜ」

達造が、声をひそめて言った。

「昨夜、他にも何かあったのかい？」

半次が訊いた。

「おめえ、多賀屋のこたァ聞いてねえのか」

「米問屋の多賀屋か」

半次は、平右衛門町に多賀屋という米問屋があるのを知っていた。

「そうよ。多賀屋にな、昨夜、押し込みが入ったのよ」

「多賀屋に押し込みだと！」

半次は、驚いた。この場から多賀屋は遠くない。

「番頭がひとり斬り殺され、千三百両もの大金が奪われたそうだぜ」

「でけえ事件《やま》だ！」

「おれは、岡倉の旦那に言われて、多賀屋からこっちにまわったのよ」

達造によると、多賀屋には同心の岡倉の他に何人もの岡っ引きや下っ引きが出向き、店の奉公人から話を聞いたり、近所の聞き込みにあたったりしているという。

そうしたなか、新シ橋の近くで、ひとが殺されているとの知らせが来て、達造は岡倉の指図で多賀屋からここに駆け付けたそうだ。

「それで、多賀屋の押し込みの目星はついたのかい」

半次が訊いた。

「それが、まったく分からねえ。……手際がいいんで、初めての押し込みじゃァねえようだがな」

「その押し込みと亀吉殺しは、何かかかわりがあるのかい？」

「それも、まだ分からねえ」

「うむ……」

半次と達造がそんなやり取りをしているところに、十兵衛と忠兵衛が来て、亀吉の亡骸《なきがら》を長屋で引き取ってもいいか、達造に訊いた。

「谷崎の旦那、もうすこし待ってくれ。……岡倉の旦那が来て死骸《ほとけ》を検《あらた》めねえうちに動かしたら、おれがどやされる」

達造が、困惑したような顔をして言った。達造は、十兵衛とも顔見知りだったのだ。

4

岡倉彦次郎が亀吉が殺された現場に姿を見せたのは、陽が西の空にまわってからだった。

「多賀屋の調べが、手間取ってしまってな」

そう言って、岡倉はすぐに横たわっている亀吉の脇に膝を折った。

岡倉はいっとき亀吉を検屍《けんし》していたが、立ち上がると、

「半次、死骸《ほとけ》は長屋の者だそうだな」

と、半次に訊いた。

「へい、亀吉といいやす」

半次は、亀吉が夜鷹そば屋をしていて、昨夜、ここを通りかかったとき何者かに斬り殺されたのではないかと言い添えた。

「刀傷とみたが」

そう言って、十兵衛が岡倉に顔をむけた。

「谷崎の旦那の目に狂いはねえだろう」

岡倉が言った。岡倉は、十兵衛が一刀流の遣い手であることを知っていたのだ。

「腕のたつ者が、後ろから袈裟に斬ったようだ」

さらに、十兵衛が言った。

「となると、下手人は武士か」

岡倉は亀吉の死体に目をむけたまま黙考していたが、

「……亀吉は、多賀屋に入った賊と、ここで鉢合わせしたのかもしれねえな」

と、つぶやくような声で言った。

「岡倉の旦那、押し込みに二本差しがいたんですかい」

半次が訊いた。

「いたようだ。それも、ふたりな」

岡倉によると、昨夜、柳橋の小料理屋で夜遅くまで飲んだ男が、たまたま多賀屋の近くを通りかかったとき、夜盗らしい一味を見かけたという。

「そいつは、だいぶ酔っていたらしく、はっきりしたことは分からねえんだが、黒ずくめのやつらが、六、七人、神田川の方へ走っていくのを目にしたそうだよ。……そのなかに、刀を差したやつが、ふたりいたらしい」

「亀吉を殺ったのは、押し込み一味かもしれねえ」

半次の脳裏に、昨夜、亀吉が斬り殺されたときの光景が思い浮かんだ。

亀吉は、この近くで押し込み一味と鉢合わせになり、担いでいた屋台を捨てて逃げようとした。逃げる亀吉に、一味の武士が追いすがり、後ろから斬りつけたのだ。

半次は、推測だが、まちがいないような気がした。

「ともかく、押し込み一味をお縄にすれば、亀吉殺しも分かるかもしれねえな」

岡倉が言った。

「岡倉どの、亀吉は引き取ってもいいかな」

十兵衛が訊くと、岡倉はすぐに承知した。

亀吉の死体は、長屋の者が運ぶことになった。男たちが戸板と筵《むしろ》を用意し、亀吉の死体を載せて運んだ。死体のそばで泣き崩れていたお梅とおときには、長屋の女たちが付き添って、いっしょに帰った。

翌日、長屋の者たちの手で簡単な葬式がおこなわれ、亀吉の亡骸《なきがら》は、元鳥越町にある常光寺《じょうこうじ》という古寺の片隅に埋葬された。

葬式を終えた五日後、半次の家に、お梅、おとき、それにお寅婆《とらばあ》さんがやってきた。

お寅は、長屋で、「お節介婆さん」とか「口出し婆さん」と呼ばれている年寄りである。長屋で何かあると、かならず顔を出し、なんやかやと口出しをする。それに、口が悪く、男の半次も平気で呼び捨てにした。

ただ、心根はやさしい婆さんで、長屋の者が困っていると親身になって世話してくれたり、独り暮らしの半次にも気を使って、握りめしをとどけてくれたり、洗い物をしてくれたりした。だから、長屋の者たちで、お寅のことを悪く言う者はいなかった。

「おや、半次、今日は起きてるね」

お寅は、半次が座敷で茶を飲んでいるのを見て皮肉を言った。いつも、半次が朝寝坊をしてるのを知っていたのである。

「婆さん、もう、五ツ半（午前九時）を過ぎてるぜ。いくら、寝坊でも、寝てるわけがねえだろう」

半次はめずらしく朝めしを食い終え、お茶を飲んでいたのだ。

「いつも、それだと、いいんだけどね」

「婆さん、何か用があって来たんじゃァねえのか」

半次は、お寅の脇に立っているお梅とおときに目をやって訊いた。

お梅は、ひどく憔悴《しょうすい》していた。肌は土気色をし、頰《ほお》の肉が落ち、目が落ち窪んでいる。亀吉が殺された後、食べ物もまともに喉を通らなかったにちがいない。

おときは、まだ十四、五歳だった。亀吉が生きていたころは、ふっくらした頰をしていたが、その頰の肉が落ちてしぼんだように見えた。いまにも、泣き出しそうに顔をしかめている。

「亀吉のことでね、半次に頼みたいことがあるんだよ」

お寅は、亀吉も呼び捨てにした。ただ、嫌みがなかった。お寅の声には、自分の身内を呼ぶようなひびきがあったからである。

「ともかく、そこに腰を下ろしてくんな」

半次は上がり框に手をむけ、三人に腰を下ろしてもらった。

「半次、だれが亀吉を殺したか分かったのかい」

お寅が振り返って半次に訊いた。

「いや、分からねえ」

分かるわけがない。半次は、まだ何もしていなかったのだ。

「亀吉がこんなことになってしまって、お梅さんと娘さんは、悔しくて夜も眠れないそうだよ」

お寅が、顔をゆがめて悔しそうな顔をした。

すると、お梅が洟《はな》をすすりながら、

「こ、このままじゃァ、うちの亭主は浮かばれないよ」

と、涙声で言った。

おときも俯いて、すすり泣き始めた。お梅とおときには、亀吉を失った悲しみにくわえ、下手人に対する強い恨みもあるらしい。

「…………」

半次は黙っていた。女三人を前にし、なんと言って慰めればいいのか分からなかったのである。

「半次さん、あたしからも頼むよ。亀吉を殺した悪いやつを、つかまえておくれ」

お寅が、めずらしく、半次さん、と呼んだ。

「は、半次さん、うちの亭主を殺したやつをつかまえてよ」

お梅が、涙声で言った。

「お、お願い！　半次さん――」

おときが、声を上げて言った後、クックッと喉を鳴らした。おときは、突き上げてきた嗚咽に、歯を食いしばって堪えているようだ。

お寅たち三人は、半次が岡っ引きで、これまで悪人たちをお縄にしたことを耳にしていたのだろう。

「分かった、分かった。おれに、できることはやってみる」

半次は、三人に泣き付かれてそう言うしかなかった。

5

お寅たちが半次の家に来た夕方、今度は十兵衛が姿を見せた。

十兵衛は、貧乏徳利をぶら下げてきた。半次と一杯やるつもりで、来たのだろうか。それにしては、けわしい顔をしている。

「半次、話がある」

十兵衛は、半次の前に腰を下ろすと、あらたまった声で言った。

「旦那、どうしやした」

「亀吉のことだがな。……まァ、話す前に一杯やろう。半次、湯飲みを持ってきてくれ」

「へえ」

半次は腰を上げ、土間の隅の流し場から湯飲みをふたつ持ってきた。

十兵衛が湯飲みに酒をつぎながら、

「ちかごろ、紀乃が、おときの家に行っているのは知っているな」

十兵衛が、切り出した。

「お嬢さんは、おときの話し相手になってるそうで」

半次は、十兵衛の娘の紀乃がおときのところに行って、話し相手になってやったり、慰めてやったりしていることをお寅から聞いていた。

紀乃は十五歳で、おときと同じ年頃ということもあって、亀吉が生きていたころも親しく付き合っていたらしい。

「紀乃がな、半次なら、亀吉を殺した悪いやつをきっとつかまえてくれると、おときに話したらしいんだな」

「そうですかい」

半次は、お寅やおときたちが半次のところへ来て、亀吉殺しの下手人を捕らえてほしいと頼んだのは、紀乃の話もあったからだろうと推測した。

十兵衛は、まァ、飲め、と言って、半次の湯飲みに酒をつぎ足した後、

「朝方、ここに、お寅やお梅たちが来てたな」

と、半次に目をむけて訊いた。

「来てやした」

「おまえに、亀吉殺しの下手人を捕らえてくれ、と頼んだのではないのか」

「お察しのとおりで」

「それで、何と答えた」

十兵衛は貧乏徳利をつかんだまま訊いた。

「やれるだけやってみる、とだけ言っておきやした。あっしにすりゃァ、他に言いようがねえんでさァ」

「もっともだ」

そう言うと、十兵衛は手にした貧乏徳利で自分の湯飲みに酒をついだ。

半次が黙っていると、十兵衛は湯飲みの酒を、グビグビと喉を鳴らして飲んだ後、

「半次、おれもやる」

と、語気を強くして言った。

まだ、顔色は変わらなかったが、半次にむけられた目のひかりが強くなっていた。すこし、酒がまわってきたのかもしれない。

「旦那が、下手人の探索を？」

「そうだ。……半次、亀吉を斬ったのは、腕のたつ武士だぞ。下手に動くと、おまえの命を狙ってくるかもしれんぞ」

十兵衛がもっともらしい顔をして言った。

「へえ……」

その恐れもあるだろう。だが、岡っ引きは、いつもそうした危ない橋を渡っているのである。

「おれのことは、いざというときの用心棒だと思えばいい」

そう言うと、十兵衛はまた貧乏徳利を手にして湯飲みについだ。

半次と十兵衛が、酒を飲みながらそんなやり取りをしていると、戸口に近付いてくる足音がし、腰高障子《こしだかしょうじ》があいた。

姿を見せたのは、忠兵衛と熊造だった。

「やはり、飲んでおるな」

忠兵衛が、十兵衛と半次の膝先に立っている貧乏徳利を見て言った。渋い顔をしている。忠兵衛は八卦見《はっけみ》を生業にしていた。人出の多い広小路や寺社の門前などで、筮竹《ぜいちく》を使って吉凶を占ったり、手相をみたりしていた。出自は武士と称し、武家言葉を使っていたが、長屋の者は信用していなかった。総髪で髷《まげ》は結ってなかったし、刀を差したこともなかったからである。

「どうだ、ふたりも飲むか」

十兵衛が、湯飲みを手にしたまま訊いた。

「谷崎どの、酔っている場合ではなかろう」

忠兵衛がしかめっ面をして言った。

「また、忠兵衛どのの小言か」

十兵衛が苦笑いを浮かべた。

長屋の住人たちは、忠兵衛のことを「小言忠兵衛」とか「御意見忠兵衛」と呼んでいた。ことあるごとに、長屋の住人たちをつかまえて小言や意見を口にしたからである。

「谷崎どの、わしらは殺された亀吉のことで来たのですぞ」

そう言うと、忠兵衛は下駄を脱いで、勝手に座敷に上がってきた。

熊造は照れたような笑いを浮かべ、巨漢を縮めるようにして忠兵衛の後についてきた。

「亀吉のことというと？」

半次が訊いた。

「お寅婆さんから、聞いたのだがな。半次、おまえは、亀吉を殺した下手人をつかまえるつもりらしいな」

どうやら、忠兵衛はお寅から話を聞いて、ここに来たらしい。

「まァ、あっしにできることは、やりやすが……」

半次は言葉を濁した。相手にもよるが、半次ひとりの手で下手人をつかまえるのはむずかしいだろう。

「わしらも、手を貸そう」

忠兵衛が、熊造と顔を見合わせて言った。

「ふたりが……」

半次は驚いたような顔をして忠兵衛と熊造を見た。

「そうだ。……わしらには、御用聞きのような真似はできん。だがな、わしは占いの合間に、下手人のことを探ってもいいし、熊造はこの大きな体を何かのときに役立てられるかもしれんぞ」

忠兵衛が、もっともらしい顔をして言った。

「ふたりが、そう言ってくれるのは、ありがてえが……」

半次は、たいした役にはたたねえ、と口から出かかった言葉を慌てて呑《の》んだ。ふたりの気持ちだけでも、もらっておこうと思ったのである。

「まさか、断るのではあるまいな」

忠兵衛が、半次を睨むように見て言った。

「そんなことはねえ。ふたりが、手を貸してくれれば、鬼に金棒だ」

半次が慌てて言うと、

「よし、そういうことなら、みんなで飲もう。熊造、流し場にあるめし茶碗か丼を持ってこい」

十兵衛が、声を上げた。すこし、酔ってきたようである。

6

半次は浜吉とふたりで、新シ橋のたもとに立っていた。同心の岡倉が来るのを待っていたのである。岡倉は、巡視のおりに神田川沿いの道を通るのだ。

昨日、岡っ引きの達造が権兵衛店に来て、岡倉の旦那から話があるそうだから、明日、新シ橋のたもとで待っててくんな、と伝えたのである。

四ツ（午前十時）ごろだった。秋の陽射しが川沿いの道を照らし、行き交う人々が路上に長い影をひいていた。そよ風があり、川岸の土手に繁茂した芒《すすき》や葦がサワサワと揺れている。

のどかな秋の日で、この付近で亀吉が斬り殺されたことが、なぜか遠いことのように思われる。

「兄い、まだですかね」

浜吉が橋上に目をやって言った。

岡倉は手先を連れて、新シ橋を渡ってくるはずである。

「そろそろ、姿を見せるだろうよ」

半次がそう言ったとき、橋を渡ってくる岡倉の姿が見えた。

「来やしたぜ」

浜吉が声を上げた。

岡倉は黄八丈《きはちじょう》の小袖を着流し、黒羽織の裾を帯に挟む巻羽織《まきばおり》と呼ばれる八丁堀同心独特の格好をしていた。手先は三人だった。小者《こもの》の新助《しんすけ》、岡っ引きの達造、それに達造が使っている三吉《さんきち》という下っ引きだった。

岡倉は橋のたもとに立っている半次たちの姿を目にすると、足を速めた。

「半次、おめえに話があってな」

そう言うと、岡倉は、そばにいた達造たちに、先に行っててくれ、と指示した。どうやら、半次とふたりだけで話したいらしい。

半次も、浜吉に先に行くように話した。

岡倉は半次とふたりだけになると、浅草御門の方に足をむけながら、

「多賀屋に押し入った一味だがな。場数を踏んだ大物のようだ」

と、低い声で言った。岡倉の目がひかっている。やり手の同心らしいひきしまった顔である。

「どうやら、多賀屋を念入りに探った上で、押し入ったようだ」

岡倉が話したところによると、一味は多賀屋に奉公している下働きの男や出入りしている米俵を運ぶ船頭などに接触し、店のなかの様子や番頭部屋などを探った節があるという。岡っ引きたちは、下働きの男や船頭などから話を聞いた男のことを訊いたが、大柄でがっちりした男だったということで、人相もはっきりしなかった。話を聞かれたとき、手ぬぐいで頬っかむりしていたり、菅笠をかぶっていたりしたので、人相もよく覚えていなかった。それに、三月ほど前なので、こまかいことは忘れてしまったらしい。

「そうですかい」

半次が言った。いずれにしろ、盗賊一味は店のことを探った上で押し入ったようだ。

「賊は七人、なかに二本差しがふたりいたようだ」

岡倉が言い添えた。

夜盗が七人であることは、岡っ引きたちが平右衛門町界隈で聞き込み、先に話を聞いた男の他にも夜盗の姿を目にした者がいて、その証言からはっきりしたという。

「亀吉を斬ったのも、押し込み一味とみてるんですかい」

半次が訊いた。

「そう睨んでいるが、いまのところ何の証《あかし》もねえ」

岡倉は伝法《でんぽう》な物言いをした。捕物にあたる他の同心もそうだが、ならず者や無頼牢人などと接触する機会が多く、どうしても言葉遣いが乱暴になるのだ。

「それで、おめえに頼みがある」

岡倉が、声をあらためて言った。

「…………」

「また、探索を頼みてえ」

岡倉は、これまでも探索の手が足りないときや大きな事件のときに、半次に探索を頼んでいた。

「あっしには、てえした仕事はできやせんぜ」

半次は、岡倉から探索を頼まれることを予想していたので、すぐに答えた。

「なに、できるだけでいい」

「お手伝いさせていただきやす」

半次は殊勝な顔をして言った。半次は胸のなかでは、岡倉から頼まれなくても、亀吉を殺した下手人の探索をやるつもりでいたのだ。

「半次、おめえ、浜吉を手先にしたそうだな」

岡倉が、前を歩いている浜吉に目をやって訊いた。岡倉も、浜吉が殺された峰五郎の下っ引きをしていたことは知っていた。

「長屋に越してきたもんで……」

半次が照れたような顔をした。半次は、まだ手先など持つ身ではないと自覚していたのである。

「おめえも、親分らしく振る舞わねえとな。……いつものように、しばらく食えるだけ渡しておくか」

そう言って、岡倉は懐から財布を取り出した。

岡倉は、三両半次に手渡した。いつも、探索を頼むときは、しばらく働かずに食えるだけの金を半次に渡していたのだ。これまでは二両のことが多かったが、浜吉のことも考えて一両多くしたらしい。岡倉は、探索を頼んだ後、半次に渡すつもりで財布に入れてきたにちがいない。達造たちを先にやったのも、金を渡すところを見られたくなかったからだろう。

「旦那、すまねえ」

半次は岡倉に頭を下げた。

岡倉は半次が懐に巾着をしまうのを見てから、

「半次、五年ほど前、大伝馬町《おおでんまちょう》の太物《ふともの》問屋の荒川屋《あらかわや》に、押し込みが入ったのを知っているか」

と、声をあらためて訊いた。

「噂は聞いておりやす」

「荒川屋の件と、今度の件が似ているような気がする」

岡倉が低い声で言った。

「……………!」

そう言えば、荒川屋も押し入った賊に番頭が殺され、千両余の金が奪われたと聞いていた。その後、町方は懸命に盗賊の行方を追ったらしいが、まだひとりも捕らえていないようだ。

すでに、五年も経《た》っているので、荒川屋の事件を忘れている者も多いのではあるまいか。

「半次、荒川屋の事件《やま》からたぐってみな」

「へい」

半次がちいさくうなずいた。

7

「兄い、あの店ですぜ」

浜吉が、通り沿いの表店を指差した。

「あれが、荒川屋か」

半次が言った。土蔵造りで二階建ての大きな店だった。店の前の立て看板に、荒川屋と書いてある。繁盛している店らしく、商家の旦那ふうの男や奉公人などが出入りしているのが見えた。五年ほど前の災難は、乗り越えたようである。

「浜吉、近所で荒川屋のことを訊いてみな」

半次は、ふたりで店に入って話を聞くわけにはいかないと思ったのだ。

「合点で」

浜吉は、すぐに半次と別れた。

半次は荒川屋の暖簾《のれん》をくぐった。土間の先が畳敷きの間になっていて、手代らしい男が、商家の旦那ふうの男と話していた。太物の卸しの話でもしているのかもしれない。右手には帳場があった。番頭らしい年配の男が、帳場机で算盤《そろばん》をはじいている。

半次が土間に立つと、座敷にいた手代が、揉《も》み手をしながら近寄ってきて、

「いらっしゃいませ。……何か、ご用でしょうか」

と、訊いた。口許に愛想笑いを浮かべていたが、目には不審そうな色があった。

半次が商売のことで来たのではないとみているのかもしれない。

「五年前のことでな」

半次はそう言って、懐に忍ばせてきた十手《じって》を見せた。

「親分さんですか。……五年前のことと、言いますと？」

手代の顔から愛想笑いが消えた。

「五年前のことを、忘れたわけじゃァあるめえ。まだ押し込みは、つかまっちゃァいねえからな」

「…………！」

手代の顔が、こわばった。五年前の惨事を思い出したのかもしれない。

「似たような事件があってな。ちょっと、話が聞きてえんだ」

すでに、多賀屋に夜盗が押し入ったことは、荒川屋の奉公人たちの耳に入っているだろう、と半次はみていた。

「お、お待ちを――」

手代は慌てた様子で、帳場にいる番頭のそばへ行って、何やら話した。

すぐに番頭が立ち上がり、半次のそばに来ると、

「てまえが、お話をうかがいたいのですが」

と、腰をかがめて言った。五十がらみの小柄な男である。

「おめえの名は？」

「番頭の長蔵《ちょうぞう》でございます」

「おめえ、五年前のことを知っているかい」

「は、はい……」

長蔵が顔をけわしくしてうなずいた。

「それなら、話してもらうか」

「親分さん、ここでは目につきますので、こちらへ」

そう言って、長蔵は半次を板敷きの間の隅に連れていった。そこは、屏風《びょうぶ》が立ててあって、座敷で商談している者からは見えないようになっていた。

「なんですか、多賀屋さんに盗賊が押し入ったそうで？」

長蔵が、先に訊いた。

「ここに入った一味と、手口が似ているのでな。あらためて、話を聞きにきたわけだ」

「それは、どうも……」

番頭が、こわばった顔で半次を見た。

「この店でも、番頭が殺されたそうだな」

「は、はい。……嘉造《よしぞう》さんが殺されまして」

長蔵によると、五年ほど前まで長蔵は、二番番頭をしていたという。押し込みが入ったときは、眠っていて気付かなかったが、明け方厠《かわや》に起きた手代が惨事を目《ま》の当たりにして騒ぎだし、奉公人やあるじなどが起きだしたという。

「すると、それまで、店の者は気付かなかったのだな」

半次が訊いた。

「はい、番頭さんが賊に帳場に連れ出され、内蔵の鍵を出したのではないかと、お調べにあたりました八丁堀の旦那がもうされておりました」

「そうか」

番頭のいう八丁堀の旦那は、岡倉ではなかった。事件の探索にあたったのは北町奉行所の定廻り同心の関山勝之助《せきやままさのすけ》と聞いていた。ただ、関山から岡倉にも事件の子細は伝えられているらしく、岡倉も事件のことはよく知っていた。

「押し入った賊は、何人か分かるか」

半次が声をあらためて訊いた。

「七人とのことでした」

長蔵によると、町方のその後の調べで分かったらしいという。

「七人か……」

多賀屋に押し入った一味と、人数まで同じである。

「それで、一味に二本差しはいたのかい」

「さァ。そこまでは存じませんが、八丁堀の旦那のお話では、番頭さんは長脇差《ながわきざし》か刀で斬られたそうです」

「そうか」

長脇差か刀で斬られたというだけでは、武士の手にかかったかどうか分からない。

「賊は、どうやって店に入ったのだ?」

岡倉か達造に訊けば、分かると思ったが、念のために長蔵に訊いてみた。

「風の強い晩でしてね。……風音にまぎらせて、表のくぐり戸を刃物で打ち破ったようです」

長蔵が顔をしかめて言った。

……同じ一味だな。

と、半次は確信した。

多賀屋と同じ手口である。一味の人数も同じだった。それにしても、荒っぽいやり方である。戸口を刃物でぶち破り、番頭を引き出して蔵をあけさせて金を奪うのだ。そして、番頭は、その場で斬り殺してしまう。おそらく、賊は番頭と会って鍵を出させるやり取りまでしたので、口をふさぐために殺したのであろう。

「それで、押し入られた後は、何事もないのか」

半次が声をあらためて訊いた。

「ございません」

長蔵の顔が、いくぶんやわらいだ。もう、押し込み一味にかかわりはない、と思ったからであろう。

それから、半次は小半刻（三十分）ほど番頭と話し、腰を上げようとすると、

「親分さん、お待ちを」

長蔵は言い残し、慌てた様子で帳場にむかった。

すぐに、長蔵は半次のそばにもどり、

「親分さん、ごくろうさまでございます。二度とあのような恐ろしいことのないよう、お願いいたします」

小声で言うと、そっと御捻《おひね》りを握らせた。

「すまねえな」

半次は、御捻りを袂《たもと》に入れ、そのまま店を出た。よくあることだった。町方同心と同じように、岡っ引きも探索のおりなどに商家から袖の下をもらうのである。それが、岡っ引きの稼ぎでもあった。

半次は、荒川屋の店先から離れたところで、御捻りをひらいてみた。一分銀が二枚つつんであった。

「兄い！」

浜吉が、駆け寄ってきた。

「歩きながら話すか」

「へい」

ふたりは、大伝馬町の町筋を馬喰町《ばくろちょう》の方へむかった。

歩きながら、半次は浜吉に聞き込んだことを訊いたが、探索に役立つような話はなかった。

浜吉の話が終わると、半次は、「とっときな、荒川屋の心付けだ」と言って、浜吉に一分握らせてやった。浜吉も、事件の探索にあたると鳶の仕事を休むので、こうしたことがないと食っていけないのである。

「兄い、すまねえ」

浜吉が、ニンマリして一分銀を握りしめた。

第二章　土橋の勘兵衛

1

「半次、いるか」

腰高障子のむこうで、十兵衛の声がした。

半次は掻巻を撥《は》ね除《の》けて立ち上がり、座敷の隅に脱いであった袷《あわせ》の袖に急いで腕を通してから、

「……いやすよ」

と、応えた。腰高障子が、秋の陽に白くかがやいていた。その陽射しの強さからみて、五ツ（午前八時）は過ぎているだろう。

「また、寝てたな」

十兵衛は、袷の帯をしめている半次を見ながら顔をしかめた。

「旦那も、朝からやってやしたね」

半次は、夜具を枕屛風の陰に押しやりながら言った。

「な、なんのことだ」

十兵衛が、声をつまらせて訊いた。

「一杯、やったんでしょう。顔が赤くなってやすぜ」

「馬鹿を言うな。朝から飲んでいたら、紀乃に何と言われるか、分からんぞ」

十兵衛は、渋い顔をして上がり框に腰を下ろした。

十兵衛は、娘の紀乃とふたりだけで住んでいた。妻女は、三年ほど前に亡くなったのである。炊事洗濯などの家事は紀乃がしているらしい。

十兵衛はことのほか紀乃を可愛がっていた。父《おや》ひとり娘《こ》ひとりのせいもあるが、他人では耳もかさないことでも、紀乃に言われると、神妙な顔をしてきくのである。

「でも、顔が赤くなってやすぜ」

半次は、上がり框のそばに来て胡座《あぐら》をかいた。

「これは、生まれつきだ」

「飲み過ぎでさァ」

十兵衛の肌が赭黒いのは酒焼けのせいである。ただ、今朝は飲んでいないようだ。息が酒臭くない。

「おれのことより、おまえこそ、朝寝坊をなおせ。そんなことだから、いつまで経っても嫁のきてもないのだ」

十兵衛が渋い顔をして言った。

「旦那、言い合いは、後にしやしょう。ふたりで、朝からがなり合っててもしょうがねえ」

「そうだな」

「旦那、何の用です」

半次が訊いた。十兵衛が朝から顔を出したのは、何か用があったからであろう。

「いや、半次や浜吉が、亀吉を殺した下手人を捜して歩きまわっているというのに、おれは何もしておらんからな。それで、何かやることはないか、訊きにきたのだ」

「そう言われても……」

半次は、やることがないなら、日傭取りの仕事に行けばいい、と思ったが、口にしなかった。半次も浜吉も、稼業の屋根葺きや鳶の仕事を休んで歩きまわっているのである。

「おれのやることは、ないのか」

十兵衛が訊いた。

「旦那に、御用聞きの真似をさせるのは気が引けやすしね」

半次は、十兵衛に聞き込みは無理だと思っていた。それに、下手に動きまわると目立って、押し込み一味に探索の動きが筒抜けになってしまう。

「半次、おれは亀吉を斬った者は武士とみているのだ」

十兵衛が声をあらためて言った。

「へえ……」

すでに、そのことは十兵衛から聞いていたし、半次も亀吉を斬ったのは武士だろうとみていた。

「おれは、その武士が何者なのか、探ってみようと思っているのだ」

十兵衛が顔をひきしめて言った。

「どういうことで？」

「いいか、武士が夜盗一味のなかにいて、通りすがりの亀吉を斬ったのだ。これだけみても、真っ当な武士でないことは分かる。……相当の悪人ではないかな」

「そうかもしれねえ」

「しかも、その武士は腕がたつ。江戸で剣の修行をした者であれば、町道場の門弟のなかに、心当たりのある者がいるのではないかと思ってな」

「いい筋かもしれねえ」

悪党で、腕のたつ武士ということだけでは、つきとめるのはむずかしい、と半次は思ったが、運よく一味の武士につきあたるかもしれない。

「とりあえず、知り合いの門弟を訪ねて、それとなく訊いてみようかと思ってな」

十兵衛が言った。

「旦那に、うってつけの仕事だ」

十兵衛は、一刀流の道場に通っていたことがあり、いまでも剣術道場の門弟に知り合いがいるらしい。

「よし、さっそく明日から、道場をまわってみよう」

十兵衛が意気込んで言った。

半次は、十兵衛の探索の役にたつよう、これまで探ったことをかいつまんで話し

た後、

「旦那に渡しておく物がありやす」

と言って、腰を上げた。

半次は神棚に置いておいた巾着から一両取り出し、

「これを、旦那に」

と言って、十兵衛の膝先に置いた。

「な、なんだ、この金は？」

十兵衛が声をつまらせて訊いた。

「岡倉の旦那に、いつものお手当てをいただきやしてね。谷崎の旦那に渡す分も、あったんでさァ」

岡倉からは三両もらったのだが、十兵衛には一両だけ渡すことにした。半次は、浜吉の面倒もみねばならないのである。

「いいのか、おれが、もらっても──」

そう言いながらも、十兵衛は一両を手にした。

「旦那の取り分でさァ」

十兵衛も、聞き込みにまわると、日傭取りの仕事に行けなくなる。日銭が入らなければ、すぐに暮らしに困るはずである。それに、半次と十兵衛は、これまでもふたりでいっしょに捕物にあたってきたのだ。

十兵衛は聞き込みや尾行などは苦手だが、剣の腕がたつこともあって、これまで半次は何度か危ないところを十兵衛の剣で助けられていた。

「すまんなァ」

十兵衛は相好をくずして小判を財布にしまった。

2

その日、半次はひとりで権兵衛店を出ると、新堀川《しんほりがわ》の方へ足をむけた。浅草阿部《あべ》川町《かわちょう》に住む源助《げんすけ》という男に会いにいくつもりだった。

源助は、若いころ独り働きの盗人だったという噂のある男で、地まわりや無宿者などとの付き合いもあり、江戸の闇世界のことにくわしかった。それで、源助から、押し込み一味の噂でも聞いてみようと思ったのである。

浜吉を連れてこなかったのには、理由があった。まだ若く、顔も知らない浜吉を連れていくと、源助は警戒して話さないのではないかと思い、今日は浜吉を同行しなかったのである。

新堀川沿いの道を北にむかうと、通り沿いは町人地になり、町家がひろがっていた。その辺りが、阿部川町である。

阿部川町に入って、しばらく歩いた後、半次は左手の細い路地に入った。そこは、飲み屋、小体《こてい》なそば屋、一膳めし屋などがごてごてと軒を連ねていた。飲み食いできる店が多いようだ。行き交うひとも、地元の職人や大工、若い衆などが目についた。

……この店だな。

半次は、軒下に赤提灯《あかちょうちん》のぶら下がっている小体な店の前で足をとめた。

色褪せた提灯には、「さけ、たぬき」とだけ書いてあった。たぬきという屋号である。半次は、源助が盗人の嫌疑をかけられ、岡っ引きに捕らえられそうになったとき、源助は盗みにかかわっていないことを知って、助けてやったことがあった。その後、半次は探索のおりに、源助からそれとなく話を聞くことがあったのである。

店の戸をあけると、薄暗い土間に飯台が置いてあった。店内に人影はなく、ひっそりとしていた。ただ、奥からまな板を包丁でたたくような音が聞こえてきた。源助が、肴《さかな》の仕込みでもしているのかもしれない。

「だれか、いねえかい」

半次は奥にむかって声をかけた。

すると、土間の脇から足音が聞こえ、奥から初老の男が出てきた。源助である。鬢《びん》や鬢に白髪が目立った。浅黒い丸顔の男で、眉や髭が濃かった。よく動く丸い目をしている。屋号のたぬきは、源助の顔からとったわけではあるまいが、風貌がどこか狸《たぬき》に似ていた。

「いらっしゃい」

源助が、愛想笑いを浮かべて言った。半次を客と思ったらしい。

「とっつァん、おれだよ。半次だ」

「半次かい」

源助の顔から愛想笑いが消えたが、嫌そうな顔をしたわけではない。半次にむけられた目には、親しそうな色がある。

「ちょいと、とっつァんに、訊きてえことがあるんだが、まず、酒をもらうかな」

半次は、飲みながら話を聞こうと思った。

「まだ、漬物と鰯《いわし》の煮たのしかねえがいいかい」

「それじゃァ、漬物と鰯を頼まァ」

「いま、持ってくるから、腰を下ろしてくれ」

そう言い残し、源助はすぐに奥にもどった。

半次が飯台を前にして腰掛け代わりの空き樽に腰を下ろして待つと、源助が盆に載せた小鉢と猪口《ちょこ》、それに銚子を提げてもどってきた。

小鉢のひとつには、たくあんの古漬、もうひとつには鰯の煮付けが入っていた。うまそうである。

半次は源助に酒をついでもらうと、

「とっつァんも、一杯やってくれ」

と言って、源助にも酒をついでやった。

ふたりで酒をつぎ合っていっとき喉をしめしてから、

「多賀屋に押し込みが入《へえ》ったのを知ってるかい」

と、半次が切り出した。

「噂だけは……」

源助は語尾を呑んで、上目遣いに半次を見た。半次が何を訊こうとしているか、探っているような目である。

「岡倉の旦那に頼まれてな、押し込みを探っているのよ」

半次は、ごまかさずに話した。

「大変《てえへん》な事件《やま》のようで……」

他人事のような物言いである。

「源助、一味に何か心当たりはねえかい」

かまわず、半次は訊いた。

「ねえなァ」

源助は首をひねった。

「一味は七人らしい。荒っぽい仕事でな。表のくぐり戸を刃物でぶち壊し、番頭を引き出して蔵をあけさせ、揚げ句の果てに番頭を斬り殺しやがった」

半次が、犯行の様子をかいつまんで話した。

「盗人の風上にも置けねえやつらだ」

源助の顔が、けわしくなった。

「それに、番頭だけじゃァねえんだ。……一味のやつら、逃げるときに鉢合わせした夜鷹そば屋の親爺まで、斬り殺してやがる。畜生働きもいいところだぜ」

半次の声に、怒りのひびきがくわわった。

「まったくで……」

「夜鷹そば屋の親爺はな、おれと同じ長屋に住んでいたのよ。嬶《かかあ》と娘がいてな。女ふたりを残して死んじまったわけだ」

「ひでえやつらだ」

源助の顔にも怒りの色が浮いた。

「どうだい、心当たりはねえかい。七人もで組んで、これだけの荒っぽい仕事をするやつらは、そうはいねえ」

半次が語気を強くして訊いた。

源助は虚空に視線をとめて考え込んでいたが、

「まさか、土橋《どばし》の勘兵衛《かんべえ》じゃァあるめえな」

と、小声で言った。顔がけわしくなり、目に異様なひかりがあった。盗人を思わせるような顔である。

「土橋の勘兵衛だと！」

思わず、半次は声を上げた。

半次も、土橋の勘兵衛の噂は聞いたことがあった。勘兵衛は徒党を組んで大店に押し入り、奉公人を殺し、土蔵や内蔵を破って大金を奪うという噂だった。

ただ、勘兵衛が押し込みに入ったのは、五、六年前のことで、半次は岡っ引きたちが噂していたのを耳にしただけである。それに、噂を聞いた後、勘兵衛が押し込みに入ったことはなく、時が過ぎてしだいに噂も薄れ、半次は勘兵衛の名さえ忘れかけていた。

土橋は、深川にある富ケ岡八幡宮《とみがおかはちまんぐう》の近くにある地名で、岡場所があることで名が知れていた。その地に土橋があったことから、土橋と呼ばれるようになったそうだ——。

勘兵衛は土橋で生まれ育ったことから、土橋の勘兵衛と呼ばれるようになったらしい。押し込み一味の頭目の名が知れたのは、町方が磯造《いそぞう》という独り働きの盗人を捕らえ、吟味していたとき、一味の頭目の名が勘兵衛であることを口にしたからである。磯造も土橋の生まれで、勘兵衛のことを知っていたらしい。ただ、磯造が知っていたのは、勘兵衛の若いころのことと押し込み一味の頭目であることだけだった。

「太物問屋の荒川屋を知ってるかい」

源助が小声で訊いた。

「三日前《めえ》に、押し入った賊のことで話を聞いたばかりだぜ」

半次が声を大きくして言った。

「荒川屋も、勘兵衛じゃァねえかと噂する者がいるぜ」

「そういやァ、荒っぽい手口が似てるな」

半次は土橋の勘兵衛の事件について、くわしいことは分からなかったが、耳にした噂では手口が似ているような気がした。

「あれが最後で、盗人から足を洗ったとみていたがな……」

源助が語尾を濁した。自分の推測だけらしい。

「勘兵衛が、またぞろ動きだしたってことかい」

半次が訊いた。

「それにしちゃァ妙だな」

源助が首をひねった。

「とっつァん、何か腑《ふ》に落ちねえことでもあるのかい」

「いやね、土橋の勘兵衛は、だいぶ歳なんでさァ。それで、盗人から足を洗ったと聞いてたんだがな。……それに、畜生働きをやめて、五、六年も経っていやすからね。いまになって、また、お勤めを始めたとも思えねえ」

「勘兵衛は、歳だったのかい」

「噂だがな、五、六年前で、還暦ちかいって話でしたぜ」

「それじゃァ、いまになって、荒っぽい仕事は無理だな」

半次も、勘兵衛が還暦を過ぎているなら、押し込みは無理なような気がした。

半次が口をつぐんでいると、源助は銚子を取り、

「……あっしには、分からねえ」

と言って、半次の猪口に酒をついだ。

「とっつァん、勘兵衛のことを知っている男はいねえかな。……若いころのことで

も、いいんだがな」

半次は、いまの勘兵衛のことを知っている者を探すのはむずかしいと思った。すでに、勘兵衛の身辺は岡っ引きたちが丹念に探ったはずである。いまになって、勘兵衛の身辺にいた者をつきとめるのは無理だろう。

「そうだな、土橋じゃァねえが、入船町《いりふねちょう》に安五郎《やすごろう》ってえ地まわりがいる。そいつもいい歳で、隠居してるはずだが、勘兵衛のことを知っているかもしれねえ」

源助は首をひねりながら言った。あまり、自信はないようである。

「安五郎の塒《ねぐら》は？」

半次は、ともかく安五郎にあたってみようと思った。

「いまも、そこにいるかどうか分からねえが、四、五年前《めえ》は長屋にいたはずだ。……たしか、平兵衛店《へいべえだな》だったな」

「平兵衛店は、どこにあるんでい？」

「汐見橋《しおみばし》のたもとだったな」

「橋のたもとか」

汐見橋は、入船町の掘割にかかっている。半次は、それだけ分かれば、平兵衛店はつきとめられるだろうと思った。

そのとき、戸口の引き戸があいて、黒い半纏を羽織った船頭らしい男が、ふたり店に入ってきた。

「いらっしゃい」

源助は声を上げて、立ち上がった。

それから、半次は小半刻（三十分）ほど、ひとりで飲んでから腰を上げた。

店の外に出ると、路地は淡い夕闇につつまれていた。すでに、暮れ六ツ（午後六時）を過ぎたらしい。

半次は店に灯《ひ》の点《とも》り始めた裏路地を歩きながら、

……ともかく、土橋の勘兵衛を探ってみるか。

と、胸の内でつぶやいた。

3

半次は浜吉を連れて、富ケ岡八幡宮の門前通りを歩いていた。そこは、八幡宮の門前の東側で、永代寺門前東仲町だった。略して、東仲町《ひがしなかちょう》と呼ばれている。

「この辺りが、土橋だぜ」

半次が通りに目をやりながら言った。

賑《にぎ》やかな通りだった。道沿いに、料理茶屋、遊女屋、子供屋《こどもや》などが軒を連ね、遊《ゆ》山《さん》客や参詣客などが行き交っている。深川では遊女を子供と呼び、遊女を抱えておく店を子供屋と呼んでいた。

「入船町は、この先だ」

東仲町を通り抜けると、入船町である。

入船町に入ると、風のなかに潮の香りがした。右手前方には洲崎《すさき》海岸がつづき、さらにその先には江戸湊《えどみなと》の海原がひろがっている。

潮風には冷気があったが、浅草から歩いてきた半次たちには心地好かった。

「あの橋だ」

半次が、前方を指差した。

掘割に橋がかかっていた。汐見橋である。橋の右手には、木場がひろがっていた。

この辺りは木場が多く、行き来する者のなかにも印半纏姿の船頭、川並《かわなみ》、木挽《こびき》などが目についた。

汐見橋のたもとまで来ると、半次は周囲に目をやった。店屋が軒を連ね、人通りも多い。近くに長屋らしい家屋は見当たらなかった。

半次は訊いた方が早いと思い、近くにあった下駄屋に立ち寄り、店先にいたあるじらしい男に、平兵衛店はどこか訊いてみた。

「平兵衛店ですか。橋を渡った先に笠屋がありましてね。その店の脇の路地を入ってすぐですよ」

あるじらしい男が、教えてくれた。

半次と浜吉は、汐見橋を渡った。見ると、橋のたもとの左手に笠屋があった。店先に菅笠と網代笠《あじろがさ》が下がっている。

半次たちは、笠屋の脇の路地に入った。そこは、小店や仕舞屋《しもたや》などが、軒を連ねている裏路地だった。ぼてふり、長屋の女房らしい女、風呂敷包みを背負った行商人などが行き交っている。

「兄い、そこに路地木戸がありやすぜ」

浜吉が、路地沿いにある路地木戸を指差した。木戸の先に、長屋がある。

半次が通りかかった職人ふうの男に訊くと、その長屋が平兵衛店とのことだった。

半次たちは路地木戸をくぐり、井戸端でおしゃべりをしていた女房たちに、

「この長屋に、安五郎という男がいると聞いてきたんだが、どこの家か分かるかい」

と、半次が訊いた。

「安五郎ねえ……」

でっぷり太った女が、首をひねった。

すると、脇にいた面長で目の細い狐のような顔をした女が、

「おきよさんとこの、爺さんじゃァないかい」

と、口をはさんだ。

「あの爺さん、安五郎ってえ名だったはずだよ。……あの爺さんのこと、安五郎なんて粋な名で呼ぶ者はいないからねえ」

もうひとりの小柄な女が、口許に揶揄《やゆ》するような笑いを浮かべて言った。

「どこの家だい」

半次は女房たちのやり取りを聞いているより、その家に行って爺さんに会った方

が早いと思った。

「その棟の、とっつきの家だよ」

狐顔をした女が、井戸の前の棟を指差した。

半次たちは、女房たちに教えられた家の前まで行ってみた。だれかいるらしく、腰高障子の向こうで、水を使う音がした。土間の隅の流し場にいるようだ。

「ごめんよ」

声をかけてから、半次は腰高障子をあけた。

土間の先の座敷に、年寄りがひとり胡座をかいていた。膝先に湯飲みがおいてあった。茶でも飲んでいたらしい。鬢も髷も白髪だった。痩せた男で、背中がまがっている。

もうひとり、土間の流し場に初老の女がいた。髪は白髪まじりで、振り返って半次たちを見た顔は皺《しわ》だらけだった。おきよという女かもしれない。

「お、おめえさん、だ、だれだい」

座敷にいた老爺が、訊いた。歯が欠けているらしく、ふがふがした物言いだった。

「半次って者《もん》だが、安五郎のとっつァんかい」

「そ、そうだよ」

安五郎の顔に、警戒するような表情が浮いた。

土間に立っている女も、顔をこわばらせて半次たちふたりを見つめている。

「とっつァんは、阿部川町の源助を知ってるな」

半次は源助の名を出した。

「ああ、知ってる……」

いくぶん、安五郎の顔がなごんだ。

「源助に、とっつァんのことを聞いてきたのよ。……なに、てえしたことじゃァねえんだ。とっつァんにはかかわりのねえことなんだが、むかし、土橋に住んでたらしい男のことで、訊きてえことがあるのよ」

半次は巾着を取り出し、ご新造《しんぞう》の前じゃァ話しづれえな、と言って、巾着につっ込んだ手をとめた。袖の下を渡すのをためらうような素振りをしてみせたのである。

「うちの婆ァを、ご新造なんて呼んだのは、おめえが初めてだぜ」

安五郎は立ち上がり、皺の多い口許をゆがめるようにして笑った。

戸口から出たところで、半次は巾着から波銭を何枚かつまみ出して、安五郎の手に握らせてやった。

「すまねえなァ」

安五郎は歯のない口をあけて、ふがふがと笑った。

半次は安五郎を棟の角まで連れていき、

「おめえ、土橋の勘兵衛を知ってるかい」

と、声をひそめて訊いた。

すると、安五郎の顔が急にこわばり、

「知っちゃァいるが、むかしのことだぜ」

と、静かに言った。

「むかしのことでいいんだ。……勘兵衛は、どんな男だい」

「……ひ、ひでえやつだ」

安五郎が、声をひそめて話したことによると、安五郎は若いころから喧嘩や博打、女を手込めにして女郎屋に売り払うなど、手のつけられない悪党だったという。

「盗人の頭だったと、聞いてるぜ」

半次は話の先をうながした。

「そうよ。……勘兵衛が、二十四、五のころかな。遊び仲間が、女を攫《さら》って売り払ったことが町方に知れて、つかまっちまったのよ。そいつは、旧悪もばれて死罪になっちまってな。……それからだ、勘兵衛が表に出なくなったのは」

「押し込みをやるようになったのだな」

「そうだ、しばらく独りで盗みに入っていたようだ。……仲間を集めて押し込みをやるようになったのは、五十ちかくになってからじゃァねえかな」

安五郎によると、勘兵衛は荒っぽい手口で、押し込み先で平気でひとを殺したという。

「やつが、仲間内で何て呼ばれてたか知ってるかい」

安五郎が半次に顔をむけて訊いた。

「いや、知らねえ」

「鬼の勘兵衛と呼ばれてたらしいや」

安五郎が、急に声をひそめて言った。

「鬼の勘兵衛な」

「仲間でも岡っ引きでも、平気で殺す血も涙もねえやつだったからよ」

安五郎は半次を上目遣いに見て、おめえさんも、気をつけな、と言い添えた。

「勘兵衛だがな、むかしは鬼だったかもしれねえが、いまはかなりの歳のはずだぜ」

「まァ、そうだ」

「ところで、勘兵衛はいまも生きてるのかい」

還暦を過ぎて五、六年も経てば、死んでいても不思議はない。

「……分からねえ。勘兵衛の噂を聞かなくなって、だいぶ経つからな。いまごろ、やつは、鬼のいる地獄にいるかもしれねえな」

そう言って、安五郎は口許に薄笑いを浮かべた。

「ところで、とっつァん、勘兵衛の子分のことは知らねえかい」

若い子分も、いたはずである。そいつらは、いまもどこかに身をひそめているにちがいない。

「知らねえ」

すぐに、安五郎が言った。

「情婦《おんな》は、いなかったのかい」

勘兵衛のような男にも、情婦はいたはずである。

「もう、十年ほども前《めえ》だが、土橋の料理屋に勘兵衛の情婦《いろ》がいると聞いたことがあるな」

「情婦は、なんてえ名だい」

「名は知らねえが、女将《おかみ》だったようだぜ」

「料理屋の名は？」

「オギノ屋だったか、オウギ屋だったか……」

安五郎は首をひねった、はっきりしないらしい。

「探ってみるか」

土橋で聞き込めば何とかつきとめられるかもしれない。ただ、いまもその料理屋があるかどうか分からない。なにしろ、十年ほども前のことなのだ。

それから、半次は勘兵衛のむかしの塒や贔屓《ひいき》にしていた店のことなどを訊いてみたが、安五郎は知らないようだった。

「手間をとらせたな」

そう言い残し、半次がきびすを返すと、

「おめさん、気をつけな。……勘兵衛が生きているなら、おめえさんの命を狙ってくるかもしれねえぜ。やつは、嗅《か》ぎまわられるのが、でえ嫌いのようだからな」

安五郎が、怖気《おぞけ》をふるった。

4

六ツ半（午後七時）ごろだった。半次が元鳥越町の長屋にもどって一休みしていると、戸口に近付いてくる足音がした。

足音は腰高障子の向こうでとまり、

「半次、いるか」

と、十兵衛の声がした。

「いやすよ」

すぐに腰高障子があいて、十兵衛が顔を出した。貧乏徳利を提げている。

「ひとりで、飲むつもりだったのだがな。どうも、紀乃の前だと飲みづらい。それに、半次に話があってな」

十兵衛が言った。

「肴になるような物は、何もありませんぜ」

「味噌《みそ》があるか」

「味噌ならありやすよ」

「それで、いい」

十兵衛は勝手に上がってくると、座敷のなかほどにどかりと腰を下ろした。

……まったく、飲兵衛なんだから。

半次は胸の内でつぶやき、土間に下りた。

流し場の棚にある瓶《かめ》から味噌を小皿に取り、ふたり分の湯飲みを手にして座敷にもどった。

「さて、飲むか」

十兵衛は、嬉しそうな顔をして湯飲みに酒をついだ。

「旦那、あっしに話があって来たんじゃァねえんですかい」

「そうだとも」

十兵衛は、自分の湯飲みにも酒をついだ。

「亀吉を殺した下手人のことでな」

「何か、知れやしたか」

半次が身を乗り出すようにして訊いた。

「いや、何も分からんのだ。……それで、半次は何かつかんだかと思って、訊きに来たのだ」

そう言うと、十兵衛は湯飲みの酒をグビグビと飲んだ。

「…………」

半次はあきれたような顔をして十兵衛を見ながら、ただ、酒を飲みに来ただけじゃァねえか、と胸の内でつぶやいた。

十兵衛は湯飲みから口を離し、フウ、と一息つくと、

「半次、どうだ、何か知れたか」

と、あらためて訊いた。

「押し込みの頭目らしい男が、浮かんだんですがね」

半次が、勘兵衛の名を出し、仲間うちで、鬼の勘兵衛と呼ばれていることなどを話した。

「頭目は、鬼の勘兵衛か」

十兵衛が、目をひからせて言った。

「ですが、勘兵衛はかなりの歳なんでさァ」

「歳というと？」

「還暦を過ぎて、五、六年は経ってるようで」

「その歳で、押し込みの頭目は、無理だぞ」

十兵衛が、空になった湯飲みに酒をつぎながら言った。

「あっしも、そうみてやすがね。……ただ、勘兵衛が、何かかかわりがあるような気がするんでさァ。勘兵衛は歳だが、子分たちに指図ならできるし、子分だった者が親分の手口を真似たのかもしれねえ。いずれにしろ、勘兵衛の身辺を探れば、何か出てくるような気がしやしてね」

「そうか、勘兵衛の手下か」

十兵衛は貧乏徳利を手にし、

「まァ、飲め」

と言って、半次の湯飲みに酒をついだ。

「ところで、旦那は剣術道場をまわって探ったんじゃァねえんですかい」

十兵衛は、亀吉を斬ったのは腕のたつ武士とみて、道場の筋から探ってみると口にしていたのだ。

「それらしい悪党が、浮かびはしたがな……」

十兵衛は語尾を濁した。

「話してくだせえ」

半次は、念のために名だけでも訊いておこうと思った。

「むかし、おれの兄弟子だった白石孫七郎《しらいしまごしちろう》という男が、本所横網町《ほんじよよこあみちよう》に一刀流の道場をひらいているのだ。その道場を訪ねて、白石どのに訊いてみたのだ」

そう前置きして、十兵衛が話しだした。

白石道場の門弟に、竹中仙十郎《たけなかせんじゆうろう》という出色の遣い手がいた。竹中は、白石道場に通うようになる前、上州にひろまっている馬庭念流《まにわねんりゆう》を修行し、白石道場の門人になったときは、すでにかなりの腕だったという。

竹中は他流を身につけていたことにくわえ、牢人の身ということもあって、他の門弟とは馴染《なじ》まなかった。そうしたおり、竹中は門人のひとりが馬庭念流のことを田舎剣法と揶揄したのを耳にし、自分のことを嘲笑されたと思い込み、その門弟を木刀で殴って大怪我をさせた。

「その後、竹中は白石道場に姿を見せなくなったようだ。……竹中が白石道場を去って、半年ほどしたとき、深川や本所の大川端に、辻斬りが出るとの噂がたったそうだよ」

十兵衛はそこで話すのをやめ、グビリと酒を飲んだ。

「それで、どうしやした？」

半次が、話の先をうながした。

「白石道場の門弟のなかに、辻斬りは竹中ではないかと口にする者がいたそうだ。……ところが、二年ほど前から辻斬りはあらわれなくなり、噂も聞かなくなったようだ」

「その辻斬りと、今度の押し込みと何かかかわりがあるんですかい」

半次が訊いた。

「白石道場の門弟のなかに、竹中が人相のよくない町人と連れ立って歩いているのを見た者がいてな。町人の悪党とぐるになって悪事を働いているのではないか、と門弟たちの間で噂がたったらしい」

十兵衛は、それだけ話すとまた湯飲みに手を伸ばした。

「人相のよくねえ、町人というのは？」

半次が訊いた。

「分かっているのは、人相がよくないということだけだ」

「それだけじゃァ、何とも言えねえ」

人相が悪い町人なら、権兵衛店にも大勢いる。

「そうだが、竹中も何かせねば、生きてはいけまい。……竹中が、いま、何をしているかだけでも、探ってみる必要があるとみているのだがな」

十兵衛がもっともらしい顔をして言った。

「それで、竹中の住処《すみか》は、分かってるんですかい」

半次は、住処が分かれば探ってみてもいいと思った。

「いや、分からん。……白石どのは、竹中が道場に通っていたころは、本所相生町《ほんじょあいおいちょう》の長屋に住んでいたらしいと言っていたがな」

「相生町の長屋だけじゃァ、雲をつかむような話ですぜ」

本所相生町は竪川《たてかわ》沿いにつづき、一丁目から五丁目まであるひろい町である。

「おれが、探ってみるよ。……白石道場には、本所に住む門弟が何人かいるようなので、門弟にあたれば分かるかもしれん」

そう言うと、十兵衛はまた湯飲みをかたむけた。

半次と十兵衛は膝を突き合わせて、一刻（二時間）近くも話しながら飲んでいただろうか。

戸口に近付く下駄の音がし、腰高障子の向こうで、

「半次さん、父上はいますか」

という女の声が聞こえた。紀乃である。

「よ、紀乃、いるぞ」

十兵衛が、慌てて立ち上がった。

だいぶ飲んだらしく、顔が赭黒く染まり、腰がふらついている。

腰高障子があき、紀乃が顔を出した。色白のうりざね顔で、鼻筋がとおり花弁のような形のいい唇をしている。

「父上、また酔ってるの」

紀乃が眉を寄せて言った。

「い、いや、すまん」

十兵衛は、すこし飲み過ぎたな、と言って、首をすくめた。ばつの悪そうな顔をしている。

十兵衛は紀乃を可愛がっていたし、紀乃が女房のように家の炊事から繕い物までしてくれているので、頭が上がらないのだ。

「半次さん、父上にあまり飲ませないでくださいね」

紀乃が半次を見つめて言った。その口吻《くちぶり》に、怒ったようなひびきがあった。紀乃は可愛い顔をしているが、気丈なところがある。

「もうしわけねえ……」

思わず、半次は首をすくめて頭を下げた。

半次までが、叱られた子供のように頭を下げている。

「紀乃、半次とふたりで、亀吉を殺した悪人を懲らしめてやろうと思ってな。相談をしていたのだ」

十兵衛がとりなすように言った。

「知ってるわ。半次さんが、亀吉さんを殺した悪人をつかまえようとしてるのは――。おときさんたちが、半次さんに頼んだんだもの」

紀乃は、すこしだけ見直したような顔をして半次を見た。

「それで、おときさんやお梅さんはどうです。……なんとか、やってやすか」

半次は、紀乃がときどき殺された亀吉の家に行き、おときの話し相手になってやっているのを知っていた。

「ええ……。でも、まだ泣いていることが多いわ。あたしやお寅さんたちが、励ましているんだけど……」

紀乃は眉を寄せて、視線を落とした。紀乃までが悲しそうな顔をしている。

「亀吉さんを殺した下手人は、あっしらできっとつかまえやすから、おときさんやお梅さんに、頑張るように言ってくだせえ」

半次は、押し込み一味をつかまえる自信はなかったが、そう言うしかなかった。

「ありがとう、半次さん、おときさんに話しておくから」

紀乃は頼もしそうな顔をして半次をみた。

「旦那、下手人をつかまえるまでは、酒もほどほどにしておきやしょう」

「そうだな」

十兵衛は、力なくうなずいた。

「今夜は、早く休んでくだせえ」

そう言って、半次は十兵衛と紀乃を送りだした。

長屋は夜陰につつまれていた。家々から灯が洩《も》れ、亭主のがなり声、赤子の泣き声、女房の笑い声……などが、賑やかに聞こえてきた。

頭上の満月が、笑うように長屋を照らしている。

5

「浜吉、おめえはオウギ屋を探せ、おれはオギノ屋だ」

半次が言った。手分けして探した方が、埒《らち》があくと思ったのである。

半次と浜吉は、永代寺門前東仲町にいた。富ケ岡八幡宮の東側にひろがる町で、この辺りは土橋とも呼ばれている。

ふたりは、勘兵衛の情婦がやっていたという料理屋をつきとめるために土橋に来ていたのだ。安五郎から聞いて分かったのは、店の名がオギノ屋かオウギ屋ということだけだった。

「承知しやした」

浜吉は、顔をひきしめてうなずいた。

「陽が沈んだら、ここにもどってこい。ふたりで、夕めしでも食おうじゃァねえか」

半次は、めしを食いながら探ってきたことを話せばいいと思った。

ふたりは、三十三間堂の裏手にいた。陽は西の空にまわっていたが、陽射しは強かった。八ツ半（午後三時）ごろであろうか。

「あっしは、南の方へ行きやす」

ふたりは、東仲町を南北にはしる表通りにいたのだ。

「おれは北か」

そう言い残し、半次は北に足をむけた。

半次は北側の通りを見通し、半町ほど先に酒屋があるのを目にとめた。酒屋ならオギノ屋を知っているかと思い、行ってみた。

五十がらみのあるじが店にいたので、

「この辺りに、オギノ屋ってえ料理屋があるかい」

と、訊いてみた。

「オギノ屋ですか……。この辺りには、ありませんねえ」

あるじによると、近くに料理屋や料理茶屋はなく、あるのは縄暖簾を出した飲み屋か小料理屋だという。

「オウギ屋は、どうだい」

半次は念のために訊いてみた。

「ありませんよ」

あるじが怪訝《けげん》な顔をした。半次のことを、妙なことを訊く男だと思ったのかもしれない。

「邪魔したな」

仕方なく、半次はさらに北に歩き、通り沿いの店に立ち寄って訊いてみたが、オギノ屋という料理屋はなかった。それに、北に行くほど通り沿いは寂しくなり、小体な八百屋や魚屋などがあるだけで、料理屋らしい店は見かけなかった。

半次は、これ以上聞き込んでもオギノ屋もオウギ屋もないだろうと思い、早目に三十三間堂の裏手にもどった。

しばらくすると、浜吉が小走りにもどってきた。急いで来たらしく顔が紅潮し、肩で息している。

「あ、兄い、ありやした……」

浜吉が荒い息を吐きながら言った。

「オウギ屋か」

「へい、扇屋で」

「どこにある？」

「門前通りの近くでさァ」

浜吉によると、そこは賑やかな通りで料理屋や小料理屋などが目につくという。

「行ってみるか」

まだ、暮れ六ツ（午後六時）の鐘は鳴らなかったが、陽は西の家並の向こうに沈みかけていた。扇屋を見てから、近くでそば屋か一膳めし屋でも見つけて、夕めしにしようと思った。

「こっちで」

浜吉が先導した。

門前通りの近くまで行くと、人通りも多くなり遊客や参詣客の姿が目につくようになった。

「兄い、あの店ですぜ」

浜吉が路傍に足をとめ、斜前《はすまえ》にある店を指差した。

二階建ての老舗らしい料理屋だった。玄関脇につつじの植え込みがあり、ちいさな石灯籠《いしどうろう》が配置してあった。戸口の柱に掛け行灯があり、扇屋と記してある。

「兄い、店の者に訊いてみやすか」

浜吉が目をひからせて言った。

「店に入って訊くのは、まだ早え。店に探りを入れるのは、様子が知れてきてからだ」

半次が、店の前を通り過ぎながら言った。まだ、店には勘兵衛の息のかかった者がいるかもしれない。下手に扇屋に探りを入れると、勘兵衛に町方の動きを知らせることになる。

「へえ……」

浜吉は首をすくめた。

「探るのは、明日だな。今日のところは、近くで夕めしでも食って長屋に帰《けえ》ろう」

ふたりは通り沿いにあったそば屋に入り、小女《こおんな》にそばと酒を頼んだ。歩きまわって、喉が渇いていたので酒も頼んだのである。

そばを運んできた小女に、半次が扇屋の女将のことを訊いてみると、お峰《みね》という名だそうである。ただ、小女は女将の名は知っていたが、女将の素姓もあるじのことも知らなかった。

翌日、半次と浜吉は、ふたたび土橋に足を運んできて、扇屋の近くで聞き込んだ。半日歩きまわると、扇屋のことがだいぶ知れてきた。

あるじの名は、幸右衛門《こうえもん》で四十がらみのでっぷり太った男だという。また、女将のお峰は、二十四、五で、幸右衛門の女房だった。

歳からみても、幸右衛門は土橋の勘兵衛ではないようだ。お峰も、勘兵衛の情婦ではないだろう。

ただ、お峰は三年ほど前に扇屋の女将をやるようになったそうで、その前はおつたという年増が女将だったという。

半次は話を聞いた扇屋の近くにあった一膳めし屋の初老の親爺に、

「おつたには、年寄りの情夫《いろ》がいなかったかい」

と、訊いてみた。勘兵衛のことを頭に浮かべて訊いたのである。

「いやしたよ……」

親爺は、急に声をひそめ警戒するような顔をした。

「その情夫は、土橋の勘兵衛じゃァねえのか」

半次は勘兵衛の名を出した。

「そんな噂を耳にしたことがありやすが、はっきりしたことは分からねえ……」

親爺は語尾を濁して言った後、

「親分さん、土橋の勘兵衛のことを訊きにきたのは、ふたり目ですぜ」

と、半次を上目遣いに見ながら言った。その目に、警戒するような色がある。

「だれが、訊きにきた」

半次たちの他にも、土橋の勘兵衛に目をつけ、おつたの筋から探ろうとした者がいるらしい。

「黒江町《くろえちょう》の定造《さだぞう》親分でさァ」

「黒江町の親分か」

半次は、定造のことを知っていた。深川黒江町に住む老練の岡っ引きである。執念深い男で、八丁堀の同心や岡っ引きが諦《あきら》めたような事件でも執拗《しつよう》に追いつづけ、忘れたころに下手人をお縄にするようなこともあった。

「それで、おつただが、いまどこにいるんだい？」

半次は、定造のことはともかく、いまはおつたの居所をつかんで、身辺を洗ってみるしかないと思った。

「扇屋をやめた後、山本町で料理屋を始めたと聞きやしたが……」

永代寺門前山本町は、富ケ岡八幡宮の門前通りにひろがる町で、岡場所の多い繁華街で知られていた。

「なんてえ店だい？」

「店の名までは、知らねえなァ」

親爺は首をひねった、

「山本町の、どの辺りだい？」

山本町の料理屋というだけでは探しようがない。

「万喜楼《まんきろう》の近くだと、聞いたような気がしやすが……」

「万喜楼な……」

老舗の料理茶屋として知られた店である。

「邪魔したな」

半次は浜吉を連れて一膳めし屋から出た。後は、万喜楼の近くで聞き込んでみるしか手はなかった。

6

戸口に駆け寄る足音がし、いきなり腰高障子があいた。

浜吉が土間に飛び込んできて、

「あ、兄い、起きてやすか！」

と、声を上げた。

「浜吉、ここにいるよ」

半次は、流し場にいた。

権兵衛店の土間の隅の流し場で、小桶に水を汲《く》んで顔を洗っていた。面倒なので、井戸まで行かなかったのだ。

「起きてたんですかい」

「おい、もう、五ツ（午前八時）を過ぎてるぞ。いくら、おれが寝坊助だって、起きてるさ」

「あ、兄い！　大変だ」

浜吉が、思い出したように急に声を上げた。

「どうした？」

「押し込みでさァ」

「押し込みだと！」

思わず、半次が聞き返した。

「諏訪町《すわちよう》の島崎屋《しまざきや》に入りやした」

「油問屋か！」

半次は、浅草諏訪町に島崎屋という油問屋の大店があるのを知っていた。

「また、番頭が殺《や》られたようですぜ」

「多賀屋に押し入った一味だな」

半次はすぐに十手を懐に入れ、ついてこい！　と浜吉に言って、戸口から飛び出した。

そのとき、斜前の家の腰高障子があいて、十兵衛が顔を出した。

「どうした、半次、いやに賑やかではないか」

十兵衛が小走りに近付いてきた。どうやら、戸口でやり合っていた半次と浜吉の声が十兵衛の耳にもとどいたらしい。

「旦那、また、押し込みですぜ！」

「多賀屋に押し入った一味か？」

「まだ、はっきりしねえが、まちげえねえ」

「おれも、行く」

半次、浜吉、十兵衛の三人は、長屋の路地木戸から路地に飛び出した。

三人は元鳥越町の路地から新堀川沿いの通りを経て、奥州街道へ出た。街道を浅草寺の方へむかえば、諏訪町に出られる。

浅草御蔵の前を通り、黒船町《くろふねちょう》を過ぎると、街道の両側に諏訪町の町並がひろがっていた。諏訪町に入って二町ほど行くと、通り沿いの大店の前にひとだかりができていた。油問屋の島崎屋である。

「大勢集まってるな！」

小走りになりながら、十兵衛が言った。

島崎屋の前には、近所の住人らしい者たちに混じって旅人らしい姿もあった。奥州街道を行き来する旅人が、足をとめて店の様子を見ているのだろう。

島崎屋はしまっていたが、大戸の脇の二枚があいていた。そこから、町方や店の奉公人などが出入りしているようだ。

「どいてくんな！」

半次がひとだかりの後ろから声をかけ、人垣を分けるようにして戸口の前に出た。浜吉と十兵衛も、半次の後につづいた。

戸口の脇に、初老の男が立っていた。黒江町に住む岡っ引き、定造である。定造の浅黒い顔に怒りの色があった。

「黒江町の、遅くなりやした」

半次は定造に頭を下げた。年上の定造をたてたのである。

「半次か。多賀屋と同じ筋だよ。まったく、嘗《な》めたことをしやがって」

定造が吐き捨てるように言った。

「だれか、殺られてるそうで──」

半次はすでに浜吉から聞いていたが、番頭のことを口にしなかった。

「番頭の房蔵《ふさぞう》だ。……ともかく、死骸《おろく》を拝んでみろよ」

「そうしやす」

半次は店の土間に入った。

浜吉と十兵衛も、半次の後についてきた。

土間は薄暗かった。ひろい土間には、十人ほどの男が立っていた。岡っ引きや下っ引き、それに店の奉公人たちである。

土間の先に板敷きの間があった。その左手に帳場格子があり、その帳場格子の前に定廻り同心の岡倉彦次郎が立っていた。

岡倉のまわりには、店のあるじらしい男と奉公人、それに数人の岡倉の手先がいた。いずれも厳しい顔をしている。

「半次か、ここへ来てみろ」

岡倉が声をかけた。

どうやら、岡倉の足元に殺された番頭の死体が横たわっているらしい。

「へい」

半次は、すぐに岡倉のそばにいった。浜吉と十兵衛は、当然のような顔をしてついてきた。

「番頭の房蔵だ」

岡倉が足元に目をやって言った。

床板の上に、寝間着姿の男が仰臥《ぎょうが》していた。周囲が、どす黒い血に染まっていた。

房蔵は目を剝き、口をあんぐりあけたまま死んでいた。肩から胸にかけて、深く斬られていた。ひらいた傷口から截断《せつだん》された鎖骨が、白く覗《のぞ》いている。

「遣い手だ！」

十兵衛が、房蔵の傷を見て言った。顔がひきしまり、双眸に射すようなひかりがある。剣客らしい顔である。

十兵衛の声で、その場にいた岡倉や岡っ引きたちが、いっせいに十兵衛に顔をむけた。

「谷崎の旦那、番頭を斬った下手人に、心当たりがあるんですかい」

岡倉が訊いた。

「いや、心当たりはないが……。ただ、下手人が遣い手であることは分かる。おそらく、腕の立つ武士だな。……正面から袈裟に一太刀。深い傷で、一刀で仕留めている。よほど斬り慣れた者でないと、これだけの斬り込みはできない」

「亀吉を殺したのと、同じ手ですかね」

さらに、岡倉が水をむけた。

「太刀筋は、よく似ている。……同じ手にかかったとみていいのかもしれん」

亀吉は、背後から袈裟に斬られていたが、房蔵と同じように深い傷で、一撃で仕留められていた。

「やはりそうか」

岡倉が厳しい顔のままうなずいた。

半次たちは、房蔵の死体を見た後、磯次郎《いそじろう》という手代をつかまえて昨夜の様子を訊いてみた。

磯次郎によると、押し込み一味は、表戸を刃物で打ち壊して入ったという。昨夜は強い風が吹いていたので、戸を壊す音に気付かなかったそうだ。

手口は、多賀屋に押し入ったのと同じである。同じ一味とみていいだろう。

「それで、どうした？」

半次が話の先をうながした。

「はい、番頭さんだけ押し込みに起こされて連れていかれ、土蔵の鍵をあけさせられたようです」

磯次郎が、蒼ざめた顔で言った。

「多賀屋と、まったく同じだ」

ちがうのは、多賀屋の場合は内蔵で、島崎屋は土蔵が破られていたことだ。

「それで、奉公人たちはだれも気付かなかったのか」

さらに、半次が訊いた。

「いえ、丁稚《でっち》の松吉が起きていて、賊を見たようです」

「見たのか？」

半次が聞き返した。

「は、はい。……ですが、厠から賊の姿を見かけただけのようです」

「松吉はどこにいる？」

半次は、松吉から直《じか》に話を聞いてみようと思った。

「いま、親分さんに訊かれているようです」

磯次郎が土間を指差した。

見ると、定造が丁稚らしい男をつかまえて話を聞いていた。松吉らしい。まだ、十二、三と思われる若者である。

半次たちは、定造の聞き取りが終わるのを待って、松吉から話を聞いたが、たいしたことは知れなかった。

昨夜遅く、松吉は厠に起きたそうだ。そして、用をたし、厠から出てきたところで、土蔵にむかう押し込み一味を見たという。

松吉は、すぐに厠の脇に植えてあった八つ手の陰に身を隠した。押し込みにつかまると殺されると思い、八つ手の陰から出られなかったそうだ。

松吉が目にした賊は四人。番頭を連れて、土蔵の方へむかった。四人の姿が見えなくなったとき、松吉は丁稚部屋にもどろうとしたが、廊下の先の帳場の方からも床を踏む足音やくぐもったような声が聞こえたので、そのまま八つ手の陰に身を隠していたという。

「それで？」

半次が話の先を訊いた。

「……男の叫び声が聞こえました。ば、番頭さんが斬り殺されたのだと思いました」

松吉はその声を聞いてさらに怖くなり、八つ手の陰で身を顫わせていたという。

それから、松吉は賊が店から出ていった気配を感じて八つ手の陰から這《は》い出し、大声を上げて他の奉公人たちを起こしたという。

「……夜明けに、ちかいころでした」

松吉が、肩を落として言い足した。

「おめえが目にしたのは、四人だけかい」

半次が念を押すように訊いた。

「は、はい……」

「他の者は、帳場に残っていたのだな」

半次は、一味の七人のうち四人が番頭を連れて土蔵へ行き、他の三人は帳場に残ったのだろう、と思った。

半次の聞き込みが終わったとき、黙って話を聞いていた十兵衛が、

「ところで、四人のなかに刀を差した者はいたか」

と、松吉に訊いた。

「は、はい、ひとり、刀を差した者がいました」

「やはり、一味には武士がいるな」

十兵衛が、厳しい顔のままうなずいた。

それから、半次たちは店のあるじの吉左衛門《きちざえもん》からも話を聞いて、押し込み一味に奪われたのは、千両箱がふたつ、都合千二百両ほどだと知れた。

そのとき、岡倉が店内にいた岡っ引きや下っ引きを集め、

「近所で、聞き込みにあたれ！　押し込み一味を見た者がいるかもしれねえ」

と、声を上げた。

岡倉の顔には、怒りの色があった。多賀屋につづいて、島崎屋に押し入られ、同じように番頭を殺されて千二百両もの大金を奪われたのである。町方の顔をつぶさ

れたと感じて当然であろう。

「あっしらも、行きやしょう」

半次は、十兵衛と浜吉を連れて島崎屋を出た。

第三章　岡っ引き殺し

1

「兄い、あれが、万喜楼ですぜ」

浜吉が、斜向《はす》かいにある料理茶屋を指差して言った。

「なかなかの店じゃァねえか」

二階建ての大きな店である。老舗らしい落ち着いた雰囲気がある。まだ、八ツ(午後二時)ごろだったが、店先には暖簾が出ていた。

半次と浜吉は、深川山本町に来ていた。勘兵衛の情婦と思われるおつたが、この辺りで料理屋を始めたと聞いて、探しに来たのである。

「さて、どうするか」

分かっていることは、この近くにある料理屋で、女将の名がおつたというだけである。ただ、名はあてにならなかった。おつたという名で、料理屋の女将をしているとはかぎらない。別の名を使っているかもしれない。それに、料理屋を始めたのは三年ほど前のことなので、いまも店をひらいているかどうかも分からなかった。

「ともかく、料理屋を探すか」

半次は通りに目をやった。

そこは富ケ岡八幡宮の門前通りで、賑わっていた。大勢の参詣客や遊山客が行き交っている。

「兄い、近くに料理屋らしい店は見当たりませんぜ」

浜吉が通りの左右に目をやりながら言った。

通り沿いには、料理屋、料理茶屋、そば屋などが目についたが、万喜楼の近くに料理屋らしい店は、見当たらなかった。

「表通りじゃァねえな」

半次は、近くの横丁や路地ではないかと思った。富ケ岡八幡宮が近いせいか、横丁や路地にも料理屋らしい店があった。

「その横丁に、入ってみるか」

半次は、万喜楼の二軒先のそば屋の脇に横丁があるのを目にとめた。

ふたりは横丁に足をむけた。細い路地だが、人影は多かった。

横丁の入り口にあった酒屋の親爺に訊くと、ここは極楽横丁と呼ばれているそうである。横丁の入り口に極楽屋という女郎屋があったことから、そう呼ばれるようになったそうだが、その女郎屋はつぶれ、その跡地は小体な飲み屋と一膳めし屋になっているという。

「ところで、この横丁には料理屋もあるようだが、おつたという女将のいる店はあるかい」

半次は、念のために訊いてみた。

「おつたさんねえ……」

親爺は首をひねって、記憶をたどるような顔をしていたが、知りませんねえ、と素っ気なく言った。

半次と浜吉は酒屋から出ると、横丁を歩いてみた。そして、料理屋を目にとめると、その近くの店に立ち寄って、女将の名を訊いてみたが、おつたの名を口にする者はいなかった。

それでも、四軒目に立ち寄った飲み屋の親爺が、

「この先の鶴屋《つるや》の女将が、おつたさんだったかもしれねえよ」

と、路地の先を指差しながら答えた。

「その女将だが、店をひらいたのは三年ほど前《めえ》じゃァねえかい」

すぐに、半次が訊いた。

「……そういやァ、鶴屋が店をひらいたのは、三年ほど前だな」

親爺が言った。

「女将だが、年増かい？」

「ちょいと、歳を食ってやすが、いい女と評判ですぜ」

親爺の口許に下卑た嗤《わら》いが浮いた。卑猥なことでも、思い浮かべたのかもしれない。

「独り者かい？」

半次は、勘兵衛のことを訊き出そうと思ったのである。

「独りってことはねえでしょうよ。……鶴屋を贔屓にしている客から、情夫《いろ》がいるって、聞いたことがありやすよ」

「その情夫だがな、勘兵衛ってえ名じゃァねえかな」

半次が勘兵衛の名を出して訊くと、途端に親爺の顔色が変わった。にやけていた顔に、警戒するような色が浮いた。

「親分さん、土橋の勘兵衛のことですかい」

親爺が、急に声をひそめて訊いた。

「そうだ」

「土橋の勘兵衛が、また動きだしたんですかい」

「勘兵衛を知っているのか」

半次も、声をひそめて訊いた。

「この辺りに住む者《もん》なら、土橋の勘兵衛の名はみんな知ってやすぜ。……それに、三日前《めえ》に、定造親分がこの近くで勘兵衛のことを聞き込んでいたようでさァ」

「定造親分がな」

半次は、定造もおつたの筋から勘兵衛の居所をつきとめようとして、この辺りに探りにきたのではないかと思った。

「勘兵衛が、またぞろ悪事を働いたのか……」

親爺が、顔をしかめてつぶやいた。

「はっきりしたことは、分からねえ」

半次が言った。まだ、勘兵衛が押し込みの頭目と決まったわけではなかった。

「ですが、ちと、無理じゃァねえかな。勘兵衛は、もうよぼよぼのはずですぜ」

「……………」

「ここ何年か、勘兵衛が悪事を働いたってえ噂は聞かねえし、勘兵衛は死んじまったんじゃァねえかと噂するやつもいやすぜ」

「勘兵衛には、無理かもしれねえな」

半次も、勘兵衛自身が頭目として押し込んだとは思えなかった。

「ところで、親爺、勘兵衛の子分のことで、何か噂を聞いたことがあるかい」

「へい、子分たちも、勘兵衛に負けねえ悪党のようでしてね。ひと殺しも、何とも思わねえ連中のようでさァ」

親爺が、顔に憎悪の色を浮かべた。

「子分の名や塒は、知らねえかな」

半次は念のために訊いてみた。

「そこまでは、聞いてねえ」

親爺は首を横に振った。

半次は親爺に礼を言い、浜吉を連れて店を出た。

半次たちは、あらためて鶴屋の前まで行ってみた。店に入らずに、どうやっておつたの身辺を探る方法があるか、店の様子を見てみようと思ったのである。

鶴屋は横丁では目を引く大きな店だった。戸口は格子戸になっていて、脇に掛け行灯が出ていた。「御料理、鶴屋」と書いてある。

店先に暖簾が出ていたが、店はひっそりとしていた。まだ、客はいないのだろう。

「しばらく様子を見てみるか」

「へい」

「どこかに、身を隠すところはねえかな」

半次が路地に目をやると、鶴屋の斜向かいに表戸をしめたままの店があった。店の脇に植えられた椿《つばき》がこんもりと枝葉を茂らせている。

ふたりは、椿の樹陰に身を隠し、鶴屋の戸口に目をやった。

七ツ（午後四時）過ぎだった。まだ、路地には西陽が射していたが、陽は西の家並の向こうにまわっていた。

それから、小半刻（三十分）ほどして、職人ふうの男がふたり、鶴屋に入った。

さらに、いっときして、小店の旦那ふうの男と大工らしい男が暖簾をくぐった。

半次たちは、暮れ六ツ（午後六時）の鐘が鳴ってから、半刻（一時間）ほど店先を見張ったが、勘兵衛らしい男は姿を見せなかった。辺りは、すっかり暗くなっている。

「浜吉、今日のところはこれまでだな」

半次は、しばらく極楽横丁での聞き込みと鶴屋の見張りをつづけてみようと思った。いまのところ、勘兵衛や押し込み一味を手繰る糸はおつたしかなかったのである。

2

五ツ（午前八時）を過ぎているだろうか。陽はだいぶ高かった。

半次は手ぬぐいを肩にひっかけて、腰高障子をあけて外に出た。井戸端で、顔でも洗ってこようと思ったのである。

後ろから走り寄る足音がし、

「半次さん、半次さん！」

と、呼ぶ声が聞こえた。

竹六だった。半次の家の向かいの棟の端に住んでいる手間賃稼ぎの大工である。半次と同じように怠け者でよく仕事を休み、女房のおらくと喧嘩になることが多かった。

「半次さん、知ってやすか」

竹六が、目を瞠《みは》って言った。

「何のことだ？」

「黒江町の定造親分が、殺されやしたぜ」

「なに、定造親分が殺されたと！」

思わず、半次は聞き返した。

「へい、今朝方、前の路地で仕事仲間の八吉《やきち》ってえやつと顔を合わせやしてね。定造親分が、殺されたと口にしてやした」

八吉は、深川に住む大工で元鳥越町に仕事に来ているという。

「場所はどこだ?」

「万年町で、海辺橋の近くだそうでさァ」

海辺橋は仙台堀にかかる橋である。

「行ってみるか。……竹六、浜吉に知らせてくれねえか」

「ようがす」

竹六は、すぐに浜吉の家にむかった。

半次は急いで顔を洗い、自分の家にとって返すと、十手を懐に入れて戸口から出た。ちょうどそこへ、浜吉が姿を見せた。

路地木戸から出る前、半次は十兵衛の家に立ち寄った。定造が何者に殺されたのか分からなかったが、十兵衛なら傷口を見て下手人が刀を遣ったかどうか分かるはずである。それに、定造が押し込み一味に殺されたのなら、十兵衛も死体を見ておきたいだろう。

家には、十兵衛と紀乃がいた。

戸口に顔を出した十兵衛は、半次から事情を聞くと、

「紀乃、出かけてくるぞ」

と、心配そうな顔をして土間に立っている紀乃にむかって言った。

「父上、半次さん、気を付けて」

紀乃は、半次にも声をかけた。岡っ引きが、殺されたと耳にしたからであろう。

「案ずることはない。おれたちは、様子を見にいくだけだ」

そう言い置き、十兵衛は半次たちとともに権兵衛店を後にした。

半次たちは元鳥越町の町筋を抜け、浅草御門を通って両国広小路に出た。両国橋を渡り、竪川沿いの道を東にむかって二ツ目橋を渡った。

さらに、南にむかうと、仙台堀にかかる海辺橋に突き当たった。橋を渡ると、道の左手に寺院がつづき、右手には町家が軒を連ねていた。右手の地が、万年町である。

万年町に入って数町歩いたとき、

「半次、あそこだぞ」

と、十兵衛が前方を指差しながら言った。

左手の寺院の築地塀《ついじべい》の前に、ひとだかりができていた。通りすがりの者が多いようだが、八丁堀同心の姿もあった。羽織の裾を帯に挟む巻羽織と呼ばれる独特の格好をしているので、遠くからも八丁堀同心と知れるのだ。

「岡倉の旦那ですぜ」

半次が、小走りになりながら言った。

ひとだかりに近付くと、岡っ引きや下っ引きが数人集まっていることが知れた。定造が殺されたと聞いて、仲間の岡っ引きたちが集まったらしい。

「どいてくんな」

半次がひとだかりの後ろから声をかけた。

すると、集まっていた野次馬たちが、左右に身を引いて前をあけてくれた。

ひとだかりのなかに、岡倉が立っていた。足元の叢《くさむら》に、男が仰向《あおむ》けに倒れていた。定造である。

定造は、顔を苦しげにゆがめ、口をあんぐりあけたまま死んでいた。ひらいた口から、黄ばんだ歯が覗いている。首から胸にかけてどす黒い血に染まっていた。定造は、喉を斬られたらしい。

「半次か。……谷崎の旦那も、いっしょですかい」

岡倉は、厳しい顔を半次と十兵衛にむけた。

「殺されたのは、御用聞きだそうだな」

十兵衛が岡倉に声をかけ、半次とふたりで死体に近付いた。浜吉は、殊勝な顔をして半次の後についてくる。

「深川を縄張《シマ》にしている定造という男だ」

岡倉が、小声で言った。

半次と十兵衛は、死体に近付いて見た。

「喉を横に斬られている……」

十兵衛がつぶやいた。

定造は首筋を横に掻き斬られていた。下手人は刀を横一文字に払ったか、匕首を横にふるって斬ったかである。

「下手人は腕がたつな」

武士にしろ、町人にしろ、殺し慣れた者だろう、と十兵衛はみた。

「多賀屋の番頭の傷とそっくりだ。……下手人は、同じかもしれねえ」

岡倉が言った。

「すると、定造親分を殺ったのは、押し込み一味ということになりやすか」

半次が脇から口をはさんだ。半次も十兵衛も、殺された多賀屋の番頭は見ていなかったのだ。

「そうなるな」

と、岡倉。

「定造の傷は、亀吉とはちがうようだ。となると、押し込み一味には、腕のたつ者がふたりいることになるが――」

押し込み一味には、殺しに長《た》けた者が何人かいるのかもしれない、と十兵衛は思った。

「岡倉の旦那、定造親分は押し込み一味を追っていやした。……それで、押し込み一味に命を狙われたんじゃァねえんですか」

半次が、訊いた。

「そうかもしれねえ……」

岡倉の顔を憂慮の翳《かげ》がおおった。

押し込み一味の探索をしている岡っ引きが殺されたとなると、他の岡っ引きも殺される恐れがあった。岡っ引きだけではない。探索の手が迫れば、町方同心の命も狙うのではあるまいか――。そうした思いが、岡倉の胸によぎったのかもしれない。

「………！」

半次の顔も、こわばっていた。

このとき、半次は、定造が極楽横丁の料理屋、鶴屋の女将、おつたの身辺を探っていて、押し込み一味に殺されたのではないかと思ったのだ。

……それなら、おれも狙われる！

と、半次は察知した。

かといって、おつたから手を引くわけにはいかなかった。押し込み一味が、おつたの身辺を探られることを恐れて定造を殺したのなら、おつたは押し込み一味と深くかかわっているとみていい。おつたを探れば、勘兵衛をはじめ押し込み一味がみえてくるのではあるまいか――。

3

「兄い、勘兵衛らしいやつは、姿を見せやせんね」

浜吉が、生欠伸《なまあくび》を噛《か》み殺しながら言った。

半次と浜吉は、極楽横丁にいた。鶴屋の斜向かいにある店の脇の椿の陰から、鶴屋の店先を見張っていたのである。

半次は茶の手ぬぐいで頰っかむりし、黒の腰切り半纏に股引《ももひき》姿だった。岡っ引きには見えない。一方、浜吉も紺の半纏に黒股引で、鳶のような格好をしていた。ふたりとも、闇に溶ける装束で、しかも岡っ引きや下っ引きには見えない身装《みなり》で来ていた。

半次は定造が押し込み一味に殺されたとみて、用心のために身装を変えて張り込んでいたのである。

「なに、かならず、姿を見せる」

半次が言った。

勘兵衛はともかく、一味のだれかが姿を見せるはずだ、と半次はみていた。それというのも、半次は鶴屋が一味の密談の場になっているような気がしていたのである。

六ツ半（午後七時）ごろではあるまいか。頭上には星空がひろがっていたが、椿の陰は深い闇につつまれていた。

半次たちは、陽が沈む前の七ツ半（午後五時）ごろから、この場に身をひそめていたので、すでに一刻（二時間）ほど経つ。この間、鶴屋の暖簾をくぐったのは、職人と大工らしい男がふたりずつ、それに小店の旦那らしい年配の男がひとりだけだった。いずれも、押し込み一味とはかかわりのない鶴屋の客らしかった。

「アアアッ、退屈だな」

浜吉は、立ち上がって伸びをした。

「あと、半刻（一時間）もしたら、引き上げるか」

半次たちが、この場に身をひそめるようになって二日目だった。半次は焦らなかった。初めから、長丁場になるとみていたのである。それに、四、五日、店を見張って一味の者があらわれなかったら、張り込みを諦め、店の常連客や通いの女中から話を聞いてみるつもりでいた。

半次は、これまでの聞き込みで、鶴屋には女将のおつたの他に女中のおなつ、それに包丁人の弥之助《やのすけ》という男がいることをつかんでいたのだ。

そのとき、浜吉が、

「兄い、うろんな二本差しが来やしたぜ」

と、うわずった声で言った。

路地を歩いてきたのは、大柄な武士だった。小袖に袴姿で、黒鞘の大刀を一本だけ落とし差しにしていた。牢人体である。身辺に荒廃した雰囲気があった。真っ当な武士ではないようだ。

牢人は鶴屋の戸口に立つと、辺りの様子をうかがうように周囲に目をやってから暖簾をくぐった。

「やつは、押し込み一味かもしれねえ」

半次が低い声で言った。夜陰のなかで、双眸が底びかりしている。腕利きの岡っ引きらしい目である。

押し込み一味には、ふたりの二本差しがいたらしい、と半次は聞いていたので、そのひとりではないかとみたのだ。

「兄い、どうしやす?」

「やつが出て来るのを待って、尾《つ》けるのだ」

半次は牢人の行き先をつきとめ、何者か探ってみようと思った。

「やつは、飲みに来たんですかね」

「そうかもしれねえ。いずれにしろ、今夜は長丁場になるぜ」

半次は、牢人が店から出てくるのを待つしかないと思った。

それから、半刻（一時間）もしただろうか。鶴屋の店先から、大柄な牢人が姿をあらわした。

「出て来たぞ！」

半次たちが思っていたより早かった。牢人は腰を落ち着けて飲みに来たのではないようだ。何かの用件で店に来て、軽く一杯飲んだだけかもしれない。

戸口の行灯に、牢人の顔がぼんやりと浮かび上がった。眉の濃い、厳《いか》つい顔をしていた。歳は、三十がらみであろうか。

牢人につづいて、年増が姿を見せた。色白のほっそりした女である。女将のおつただった。すでに、半次たちはおつたの姿を見ていたので、すぐに分かった。

ふたりは、戸口で何やら話していた。おつたが、牢人を見送りに来たらしい。

牢人はおつたに声をかけてから路地に出た。おつたは、店先から牢人の背に目をむけていたが、牢人が路地を歩きだすと、きびすを返して店にもどった。

「浜吉、尾けるぜ」

「へい」

ふたりは、椿の陰から路地に出た。

前を行く牢人は、富ケ岡八幡宮の門前通りの方へ歩いていく。

半次たちは、店仕舞いした店の軒下や樹陰などの暗がりをたどるようにして牢人の跡を尾けた。

尾行は楽だった。半次たちの姿は闇に溶けたし、牢人は背後を振り返って見ることがなかったからである。

牢人は富ケ岡八幡宮の門前通りに出ると、右手に足をむけた。前方に八幡宮の一ノ鳥居が見えた。

門前通りは、まだちらほら人影があった。淡い月明りのなかに、ぽつぽつと酔客や女郎屋帰りの遊客などの姿が浮かび上がっている。

牢人は一ノ鳥居をくぐり、さらに西にむかって歩いた。この辺りまで来ると、人影は急にすくなくなり、闇が深くなったように感じられた。

やがて、通りの先から低い地鳴りのような大川の流れの音が聞こえてきた。夜陰のなかに黒い輪郭を刻んでいる家々の間から、黒ずんだ川面が見えた。

牢人は、大川端の道に出ると、右手に足をむけた。そこは、深川相川町《あいかわちょう》である。

相川町に入ってすぐ、牢人は右手の路地に入った。

半次と浜吉は走った。家の陰になって、牢人の姿が見えなくなったからである。

路地の角まで来ると、間近に牢人の後ろ姿が見えた。そこは闇が深かったが、牢人の姿が月明りのなかにぼんやり浮かび上がっていた。

路地に入って間もなく、牢人は路地沿いの小体な仕舞屋に入った。戸口から、淡い灯が洩れている。家に、だれかいるらしい。

半次たちは足音を忍ばせ、仕舞屋の戸口に近付いた。家のなかから、くぐもったような声が聞こえてきた。

男と女の声であることは分かったが、話の内容までは聞き取れなかった。

「浜吉、引き上げるぞ」

半次が、声を殺して浜吉に言った。

牢人が何者なのか、探るのは明日だ、と半次は思った。

4

翌朝、半次と浜吉は権兵衛店を出ると、深川相川町にむかった。鶴屋から跡を尾けた牢人が何者なのか探るためである。

半次たちは相川町に来て、昨夜牢人が入った家をあらためて見た後、家から二町ほど離れたところにあった八百屋に目をとめた。見ると、店先に親爺がいて、長屋の女房らしい女と話していた。女は笊《ざる》を手にしていた。青物でも買いに来て店の親爺と話し込んでいるらしい。

半次たちは八百屋に足をむけた。八百屋の親爺に、話を聞いてみようと思ったのである。親爺と話していた女は、半次たちの姿を目にすると、親爺に、また来るよ、と言い残して、店先から離れた。

「いらっしゃい」

親爺が、半次たちに声をかけた。愛想笑いを浮かべ、揉み手をしている。

「店のあるじかい？」

半次が訊いた。

「そうでさァ」

親爺の顔から愛想笑いが消え、警戒するような表情が浮いた。半次のことを、岡っ引きと気付いたのかもしれない。半次も浜吉も初めて目にする顔なので、警戒しているのだろう。

「定造親分と懇意にしてた者だ」

そう言って、半次は巾着を取り出すと、波銭を何枚かつまみ出した。

この辺りは定造の縄張のはずだった。おそらく、定造が殺されたことを知っているだろう。今後のこともあるので、親爺に鼻薬を嗅《か》がしておこうと思ったのである。

「こいつは、どうも……」

とたんに、親爺は相好をくずした。

「なに、てえしたことじゃァねえんだ。……この先に、図体のでけえ牢人の家があるな」

半次が、世間話でもするような口調で切り出した。

「へい」

「なんてえ名だい」

「豊島剛右衛門《とよしまごうえもん》さまでさァ」

親爺の顔に嫌悪の色が浮いた。

「豊島な。……それで、牢人だな」

半次は、念のために訊いてみた。

「そのようで」

「豊島だが、生業は何だい？」

牢人なら、何かして稼がなければ、食っていけないだろう。

「さァ、何をやっているのか……」

親爺によると、豊島は女郎屋や賭場などの用心棒をやっているとの噂を聞いたことがあるが、たしかなことは分からないという。

「それに、ちかごろは、陽が沈むころになって家を出ることが多いようですぜ」

親爺が、顔をしかめて言った。

「うむ……」

半次は、押し込み一味なら夜になって出歩くことが多いはずだと思ったが、そのことは口にせず、

「豊島だが、女といっしょに住んでいるようだな」

と、訊いた。

「およしってえ名でさァ。何をしてた女か知らねえが、半年ほど前に豊島の旦那が銜《くわ》え込んできたようですぜ」

「妾か」

「そのようで」

「ところで、豊島の家にうろんな男は訪ねて来ねえかい」

半次は、豊島が押し込み一味なら、仲間が顔を見せることもあるのではないかとみたのだ。

「遊び人ふうの男が来るようですぜ」

親爺が、店の前を豊島とふたりで通ったのを何度か見かけたことがあると言い添えた。

「そいつの名は分かるかい」

「名は分からねえ」

親爺によると、二十四、五の痩せた男だという。

「その男は、よく来るのかい」

「ときどき見かけやすよ」

「そうか」

さらに、半次は勘兵衛を念頭に置いて、年寄りが訪ねてくることはないか訊いてみたが、親爺は首を横に振っただけだった。

「手間を取らせたな」

半次は親爺に礼を言い、浜吉を連れて八百屋から出た。

半次と浜吉はいったん大川端の通りに出て、手頃なそば屋を見つけて腹拵《はらごしら》えをした。その後、また路地にもどり、話の聞けそうな店に立ち寄って豊島のことを訊いてみた。

ふたりは陽が西の空にまわるころまで聞き込んだが、たいしたことは分からなかった。新たに知れたことは、およしが黒江町にある相模《さがみ》屋という料理屋の女中だったこと、痩せた男の他にもうろんな町人が豊島の家に姿を見せ、ときには何人かで酒盛りをしていることもあるということぐらいだった。

半次と浜吉は、暮れ六ツ（午後六時）ちかくなってから、大川端の通りにもどった。今日のところはこれまでにして、長屋に帰ろうと思ったのである。

曇天のせいか、大川端の通りは、淡い夕闇につつまれていた。すこし風があり、大川の川面は波立っていた。ちいさな白い波頭が無数に川面に立ち、まるで紺地に白の小紋の模様のようだった。その川面が、江戸湊の海原までつづいている。

ふだんは猪牙舟《ちょきぶね》、屋根船、荷を積んだ茶船《ちゃぶね》などが行き交い、遠方の江戸湊の海原には、白い帆を張った大型の廻船も見られるのだが、荒天で夕暮れ時のせいか、船影はすくなかった。波間に揺れる猪牙舟が、何艘《そう》か見られるだけである。

半次と浜吉は、永代橋のたもとに出た。そこは、まだ人通りが多かった。様々な身分の者たちが、行き交っている。通行人たちの多くが、淡い夕闇のなかを足早に通り過ぎていく。

半次たちは橋のたもとを過ぎ、深川佐賀町に出た。

佐賀町を川上にむかってしばらく歩くと、前方に橋が見えてきた。油堀にかかる下ノ橋である。この辺りまで来ると、人影が急にすくなくなり、ときおり仕事帰りの職人や船頭などが、通り過ぎていくだけである。

半次は下ノ橋のたもとまで来たとき、背後に足音を聞いて振り返った。棒縞《ぼうじま》の小袖を紺地の手ぬぐいで頬っかむりした男がひとり、足早に歩いてくる。裾高に尻っ端折《ぱしょ》りし、股引に草鞋《わらじ》履きである。

……通りすがりの者じゃァねえ！

と、半次は察知した。

前屈みで歩く男の身辺に殺気があった。獲物を襲う野犬のような雰囲気がある。ただ、半次は逃げようとは思わなかった。男が何者であれ、町人ひとりである。襲ってきても、何とかなるとみたのだ。

5

半次と浜吉は、小走りに下ノ橋を渡った。

一町ほど行って背後を振り返ると、後ろの男も小走りに橋を渡ってくる。やはり、半次たちを襲う気のようだ。

さらに、ふたりは足を速め、川上にむかった。

「兄い、柳の陰にだれかいやすぜ！」

浜吉が、前方を指差して声を上げた。

見ると、大川の岸辺に植えられた柳の陰に人影があった。ふたりいる。半町ほど先なので、はっきりしないがひとりは武士らしい。袴姿で、刀を帯びているのが見てとれた。もうひとりは、町人らしかった。着物を裾高に尻っ端折りしているらしく、樹陰の薄闇のなかに両脛《すね》が白く浮き上がったように見えた。痩せて、ひょろりとした長身の男だった。

……挟み撃ちか！

半次は背後を振り返った。

前からふたり、後ろからひとり、相手は三人である。

背後の男との間は、せばまっていた。男は右手を懐につっ込んでいる。匕首でも握っているのかもしれない。

「通りに出てきた！」

浜吉がうわずった声で言った。

前方の樹陰から、ふたりの男が通りに出てきた。武士は大柄だった。巨軀といってもいい。小袖に袴姿で、大刀を一本落とし差しにしている。牢人体である。

……豊島かもしれねえ！

と、半次は察知した。

とすれば、豊島は半次たちが身辺を探っていたことに気付いたのだ。そして、仲間とともに、ここで半次たちを待ち伏せしていたにちがいない。

前後から、半次たちに迫ってくる。まるで、三匹で獲物を追い込む野獣のようだった。

「あ、兄い、どうしやす！」

浜吉が、声を震わせて言った。

半次は、通りの前後にすばやく目をやった。路地でもあれば、逃げ込もうと思ったのである。

「逃げるしかねえ」

だが、逃げ込めるような路地はなかった。通り沿いには小体な店がまばらにつづいていたが、すでに、店のほとんどが表戸をしめてしまっていた。店のなかに、逃げ込むこともできない。

後ろから迫ってくる男が、懐から匕首を取り出した。夕闇のなかで、にぶい銀色にひかっている。男は前屈みの格好で、匕首を顎の下に構え切っ先を半次たちにむけていた。獲物に迫る狼の牙のようである。

「やるしかねえ!」

半次は足をとめて十手を取り出すと、川岸にすばやく身を寄せた。

浜吉も十手を手にしたが、恐怖で目がつり上がり、体が顫えている。

川岸に身を寄せたとき、半次の目にちいさな桟橋が映った。三十間ほど川下に短い石段があり、桟橋に下りられるようになっている。桟橋には猪牙舟が三艘舫《もや》ってあり、大川の流れに揺れていた。

……舟で逃げるのだ!

と、半次は思った。

「浜吉、桟橋へ逃げるぞ!」

言いざま、半次は川下にむかって走りだした。一瞬、浜吉は戸惑うような顔をしたが、すぐに半次につづいた。

すぐ間近に、匕首を手にした男が迫ってきた。

そのとき、前方から来た大柄な牢人が、

「留《とめ》、逃がすな！」

と、叫んだ。

すでに、牢人も抜刀していた。八相に構えた刀身が、銀色にひかり夕闇を切り裂きながら迫ってくる。

ふいに、留と呼ばれた男が足をとめ、匕首を顎の下に構えたまま腰を沈めた。獲物に飛びかかろうとしている狼のようだ。

半次は足をとめなかった。背後から駆け寄ってくる牢人と長身の男に、追いつかれたら命はない。

「浜吉、つっ走れ！」

叫びざま、半次は十手を振り上げ、匕首を構えた男に突進した。男を突破し、桟橋に繋《つな》いである舟で逃げるしか助かる手はないのだ。

半次と男との間合が、三間ほどに狭まった瞬間、いきなり男が前に跳んだ。

迅《はや》い！

半次の目に、黒い獣が眼前に飛びかかってきたように映じた。次の瞬間、牙のように見えた匕首が、横にはしった。

咄嗟《とっさ》に、半次は上半身を右手に倒し、十手を振り下ろした。匕首を十手で払おうとしたのだが、空を切って流れた。

瞬間、半次の左袖が裂け、二の腕に焼き鏝《ごて》を当てられたような衝撃を感じた。男は半次の首を狙ったのだが、半次が上半身を右手に倒したため、左腕をとらえたらしい。

……斬られた！

半次は、頭のどこかで感じたが、そのまま右手に身を寄せて走った。逃げるしか、助かる手はない、と分かっていたのだ。

半次は男と交差し、そのまま つっ走った。

そのとき、浜吉は半次の前に出ていた。足は半次より速いし、動きも敏捷《びんしょう》だった。必死になって逃げていく。

男もすばやい動きで反転した。

「逃がさねえ！」

　男は声を上げ、ふたたび匕首を顎の下に構えて疾走してきた。男の背後から、大柄な牢人と長身の男が走ってくる。

　半次は懸命に走った。すでに、足の速い浜吉は桟橋につづく石段の前まで逃げていた。男も足が速かった。半次との間は、すぐに狭まってきた。

　半次は石段の前まで来ると、一気に駆け下りた。

　浜吉は舫ってある舟の前で、躊躇《ちゅうちょ》するように足をとめていた。半次のことが、気になっているようだ。

「浜吉、舟を出せ！」

　桟橋を走りながら、半次が叫んだ。

　その声で、浜吉は舟に飛び乗った。そして、杭《くい》につないである舫い綱をはずし始めた。なかなか綱がはずれない。手が震えて、思うようにならないようだ。

　そのとき、半次のすぐ後ろに男の足音が迫っていた。

　半次が舟に飛び乗ろうとしたとき、男が前に跳んだような音がし、次の瞬間、半次の背に激痛がはしった。

　男が走り寄りざまふるった匕首が、半次の背を斬り裂いたようだ。

かまわず、半次は舟に飛び乗ると、男にむかって手にした十手を投げつけた。

一瞬、男は身を引いて、半次の十手をかわした。俊敏な動きである。

この隙をとらえ、半次は船底に置いてあった棹《さお》を手にすると、男にむかって振りまわした。

男は、さらに背後に跳んだ。舟に近付けない。

「舟を出すぞ！」

すかさず、半次は棹の先で桟橋の縁を突いて、舟を川下に押し出した。舟はゆらりと揺れ、桟橋から離れた。

このとき、浜吉は舫い綱をはずしていたので、舟はゆらゆら揺れながら川下にむかって流れだした。

浜吉が艫《とも》に立って棹をとった。何とか、舟も操れそうである。

桟橋には、大柄な牢人ともうひとりの町人も駆け付けていた。三人は、桟橋に立ったまま遠ざかっていく半次たちの乗る舟を見送っていた。

まだ、猪牙舟は二艘残っていたが、舟に乗ってまで追いかけてくる気はないらしい。もっとも、別の舟に乗ったままでは、半次たちに刀や匕首をふるうことはできないだろう。

……逃げられた！

と、半次は思った。

半次は左腕に激痛を感じた。見ると、裂けた小袖がどっぷりと血を吸っている。出血が激しかった。

半次は懐から手ぬぐいを取り出すと、左腕に巻き付け、右手と口を使って強くしばった。すこしでも、出血をすくなくしようと思ったのである。

背にも痛みはあったが、腕ほど出血していないようだった。

「兄い、でえじょうぶですかい」

浜吉が、心配そうな顔をして訊いた。

「てえしたことはねえ」

「腕が血だらけですぜ《けえ》」

「ともかく、長屋に帰《こら》るんだ。……浜吉、新堀川にむかうぞ」

半次は痛みを堪えて立ち上がり、棹を手にして舳先《へさき》に立った。

大川を遡《さかのぼ》り、新堀川に入れば、権兵衛店のある元鳥越町の近くまで行くことができる。

「へい！」

浜吉は艫に立ったまま懸命に棹を使った。

すぐに、舟は水押《みよ》しを川上にむけ、大川を遡り始めた。

6

浜吉は権兵衛店の路地木戸をくぐると、

「大変だ！　だれかいねえか」

と、叫んだ。

路地木戸を入った先の井戸端に、人影はなかった。

「浜吉、……でけえ声出すな」

半次が顔をしかめて言った。

半次は、右腕で左腕の傷を押さえたまま自分の家へむかった。左腕の出血はまだとまらなかった。傷口から流れ出た血は、肘《ひじ》までつたってきて滴《したた》り落ちている。

長屋は夜陰につつまれていたが、家々には灯が点っていた。浜吉は半次のそばについたまま、

「大変だ！　兄いが斬られた！」

と、さらに大声を上げた。

その声で、バタバタと腰高障子があき、長屋の連中が飛び出してきた。十兵衛、紀乃、お寅と孫の仙太《せんた》、熊造、忠兵衛、竹六、磯吉……。女房、子供、年寄り連中まで、家から出てきて、半次と浜吉のまわりに集まった。

半次の後ろに来た忠兵衛が、

「ともかく、傷の手当てをせねばならんぞ」

と、厳めしい顔をして言った。いつものように、武家言葉である。

「半次、やられたのは腕と背中か」

十兵衛が訊いた。十兵衛の顔がこわばっていた。半次の腕の出血を見て、深手とみたようだ。

「へい、三人に待ち伏せされて……」

半次が顔をしかめて言った。

十兵衛の後ろにいる紀乃が蒼ざめた顔をして、

「半次さん、だいじょうぶ」

と、声を震わせて訊いた。ひどく心配そうな顔をしている。

「なに、てえした傷じゃァねえ。面目ねえ、紀乃さんにまで心配かけちまって……」

半次が照れたような顔をして言った。

半次は長屋の連中といっしょに家の前まで来ると、

「みんな、家に帰《けえ》ってくんな。なに、てえした傷じゃァねえんだ」

と言い残し、腰高障子をあけて土間に入った。

長屋の連中は戸口のまわりに集まったが、家のなかまでは入ってこなかった。もっとも、狭い土間に入れる人数は、かぎられている。

家のなかまでついてきたのは、浜吉、十兵衛、紀乃、お寅、熊造、忠兵衛、猪《い》吉《きち》の七人だった。紀乃は別だが、他の六人は何かあると半次の家に集まる連中である。

「わしが手当てしよう。これで、医者の心得もあるからな」

忠兵衛が、もっともらしい顔をして言った。

「忠兵衛どのに、頼もう」

十兵衛が言うと、熊造や猪吉もうなずいた。

忠兵衛の生業は八卦見で、易経を学んだとは言っていたが、医者の心得はどうであろうか——。眉唾《まゆつば》ものだが、長屋に住む他の連中よりはましかもしれない。

「よし、では、お寅と紀乃どの、それに熊造に頼むか。長屋をめぐってな、金創膏《きんそうこう》があったら集めてきてくれ。それに、晒《さらし》だ。なければ、古い浴衣でもいいぞ。それを切り裂いて、傷口を縛るのだ」

忠兵衛が胸を張って言った。医者にでもなったような物言いである。

「すぐ、行ってくるよ」

お寅が腰を上げると、紀乃と熊造も立ち上がった。

お寅たちが出て行くと、忠兵衛は浜吉に、桶に水を汲んでくるよう指示した。十兵衛には、刃物で半次の着物を切って傷口をあらわにするように頼んだ。

十兵衛は家に飛んで帰り、小刀を手にしてもどった。そして、半次の血に塗《まみ》れた着物を切り裂いて、二の腕と背中をあらわにした。

「ひどい傷じゃな」

忠兵衛が、顔をしかめた。

左の二の腕が横に裂け、傷口から血が迸《ほとばし》るように出ていた。傷は深いようである。

ただ、腕は動くので、筋や骨には異常ないらしい。

背中は長い傷だったが、それほどの深手ではなかった。皮肉を浅く斬り裂かれただけである。

「ともかく、血をとめねばな……」

そう言って、忠兵衛は傷口を洗い、古い浴衣を裂いた布で拭《ぬぐ》い取ると、折り畳んだ晒の上に長屋をまわって集めてきた金創膏を塗り、傷口にあてた。

紀乃や浜吉たちは、心配そうな顔をして忠兵衛の手元を見つめている。

「谷崎どの、晒を押さえてくれ」

忠兵衛が十兵衛に頼んだ。

「承知――」

十兵衛は、すぐに晒を手で押さえた。

そうしている間に、忠兵衛は別の晒を取り出すと、熊造と猪吉にも手伝わせて肩口から腋《わき》に晒を何度もまわし、強く縛り上げた。

なかなか手際がいい。医者とまではいかないが、何度か切り傷の手当てをした経験があるらしい。

「これでよし」

そう言うと、忠兵衛は背中の傷の手当てにとりかかった。

背中も同じような手順で手当てした。背中の場合は、胸から腹にかけて幅広く晒を巻いたので、半次の上半身は、晒だらけになった。

「傷口がふさがるまで、体を動かさないようにしていることだな」

忠兵衛が、小桶に汲んだ水で手を洗いながら言った。

「さすが、忠兵衛どの、見直したぞ」

十兵衛が言うと、お寅が、

「ほんと、忠兵衛さん、小言だけじゃァないんだね」

と、感心したように言った。

「わしは、医者の心得もあると言ったろう。若いころ、易者になるか、町医者になるか、迷ったくらいだ」

そう言って、忠兵衛は胸を張った。

忠兵衛やお寅たちが、半次の家から出ると、

「半次、だれに襲われたのだ」

と、十兵衛が小声で訊いた。

その場に残ったのは、十兵衛と浜吉だけである。紀乃は、十兵衛といっしょにいたいような素振りを見せたが、夜も更けていたので、十兵衛が先に家に帰したのである。

「ひとりは、豊島剛右衛門かもしれねえ」

半次は、浜吉とふたりで豊島の塒を見張っていた帰りに、豊島らしい武士に襲われたことを言い添えた。

「あとのふたりは？」

「ひとりは、留と呼ばれてましたぜ。……匕首を遣い慣れてやしてね。野犬か狼のようなやつでさァ」

半次は、留と呼ばれた男が、飛び込みざま、半次の首を狙って匕首を横に払った

ことを話した。

「半次、多賀屋の番頭を殺したのは、その男ではないかな」

十兵衛は、同心の岡倉から番頭の徳蔵が首を横に斬られていたと聞いていたのだ。

「あっしも、そうみやした」

半次がうなずいた。

「すると、半次たちを襲ったのは、押し込み一味とみていいな」

十兵衛が低い声で言った。

「まちげえねえ。……やつらは、てめえたちの身辺に町方の手が伸びてきたと知って、殺しにかかったんでさァ。定造親分も、やつらの手にかかったにちげえねえ」

「押し込み一味は、町方にも牙を剝いてくるようだな」

十兵衛が、顔を厳しくして言った。

翌朝、十兵衛は浜吉を連れて相川町にむかった。豊島が隠れ家に帰っているか確かめてみようと思ったのである。

半次もいっしょに行くと言ったが、十兵衛が、傷が治るまでおとなしくしているように強く言い、浜吉だけを連れてきたのだ。

十兵衛は粗末な腰切り半纏に股引姿で、手ぬぐいで頬っかむりしていた。左官か屋根葺き職人のように見える。刀は、丸めた茣蓙《ござ》のなかに隠して小脇にかかえた。武士と気付かれないように変装したのである。

浜吉も、昨日とは別の格好をして菅笠をかぶった。

相川町に着くと、浜吉が先にたって豊島の隠れ家にむかった。

だが、隠れ家に豊島はいなかった。およしの姿もなかった。おそらく、半次たちに隠れ家をつきとめられたと察知して姿を消したのであろう。

しかたなく、十兵衛と浜吉は権兵衛店にもどり、半次に豊島が姿を消したことを話した。

「おれたちが、家の近くで聞き込んでいたのに気付いたのだな」

浜吉が渋い顔をして言った。

「せっかく豊島の隠れ家をつかんだのに、また、出直さねばならんな」

十兵衛も、がっかりしたような顔をした。

「ですが、旦那、まだ極楽横丁の鶴屋が残っていやすぜ。……あの店は、勘兵衛とつながりがあるはずだ」

半次が、目をひからせて言った。

第四章　黒犬

1

「半次さん、まだ、だめです」

紀乃が、いつになく強い声で言った。

権兵衛店の半次の家だった。十兵衛と紀乃が、半次の怪我の様子を見に来たのだ。そのとき、半次が、傷はもう治ったので、事件の探索に出かけることを匂わすと、紀乃が急にとめたのである。

「紀乃さん、もう、治りやしたぜ」

このとおり、と半次は言って、左腕をまわしてみせようとした。

だが、半次はすこし左腕を持ち上げただけだった。半次が、留と呼ばれた男に斬られてから六日経っていたが、まだ傷口は完全にふさがっていなかった。左腕を動かすと痛みを感じたし、出血もした。

「半次、焦るな。出歩くのは、傷が治ってからだ」

十兵衛が言った。

「ですが、歩くだけなら、どうってこたァねえ」

半次は、歩きまわるのに支障はないと思った。それに、左腕を動かさなければ、痛みもない。

「まァ、そうだが……」

十兵衛は語尾を濁した。

すると、十兵衛の脇に座っていた紀乃が、

「だめです。……半次さん、腕を動かさないと言っても、何かあれば動かさないわけにはいかないでしょう。それに、また、悪い人に襲われるかもしれないんですよ」

と、きつい顔をして言った。

紀乃は可愛い顔に似合わず、気丈な一面をもっていた。言いだしたら、きかないところがある。

「半次、紀乃の言うとおりだぞ」

十兵衛が、もっともらしい顔をして言った。

「へえ……」

半次は首をすくめただけで言い返せなかった。紀乃の謂《いい》にも、もっともなところがあったのである。

すると、黙って半次たちのやり取りを聞いていた浜吉が、

「谷崎の旦那、あっしと行きやしょう」

と、身を乗り出すようにして言った。

「浜吉は、極楽横丁の鶴屋を知っているのだな」

十兵衛が浜吉に目をやった。

「張り込みの場所も知っていやすぜ」

浜吉が口にしたのは、半次とふたりで身を隠した椿の陰にちがいない。

「では、浜吉とふたりで行くか」

「そうしやしょう」

浜吉は、十兵衛とふたりで行く気になっていた。

「張り込みは、旦那には無理だ」

半次は、十兵衛に張り込みまでさせたくなかった。夜中までつづくことになるし、いつ押し込み一味の者が姿をあらわすか分からないのだ。それに、紀乃を夜遅くまで、ひとりにしておくことはできない。

半次が、十兵衛が張り込んでも、勘兵衛や一味の顔を知らないのだからどうしようもないことを話すと、

「張り込みはともかく、鶴屋を見てみよう」

と、十兵衛が言った。

「それならいいが、押し込み一味に、気付かれないようにしてくださいよ」

半次が念を押した。

翌日の午後、十兵衛は浜吉とふたりで長屋を出た。ふたりとも、相川町の豊島の隠れ家に行ったときと同じ格好をしていた。豊島たちに正体が知れないように身装《みなり》を変えたのである。

半次は十兵衛たちを送り出した後、手ぬぐいで頰っかむりして顔を隠し、そっと長屋を抜け出した。半次だけ、長屋に凝《じっ》としているわけにはいかなかったのである。

半次は、入船町へ行くつもりだった。安五郎に会って、訊いてみたいことがあったのだ。留と呼ばれた男のことである。半次は、ただの盗人ではないとみていた。身辺に異様な雰囲気があった。それに、匕首で首を狙ってきた手口といい腕といい、殺しを生業にしている男のような気がしたのである。

半次は、深川の闇世界にくわしい安五郎なら留と呼ばれた男のことを知っているのではないかとみていた。

半次は汐見橋を渡った先にある平兵衛店に行くと、安五郎の家の前に立った。腰高障子の向こうから、ぼそぼそと話し声が聞こえた。安五郎とおきよという女房が、何か話しているらしい。

「とっつァん、いるかい」

半次は戸口で声をかけた。

家のなかで、安五郎のしゃがれ声が聞こえた。

「だれでえ？」

「半次でさァ」

「半次だと……。ああ、親分か」

という声が聞こえ、ひとの立ち上がる気配がした。

すぐに、腰高障子があいて、安五郎が顔を出した。

「とっつァんに、また、訊きてえことがあってな」

半次が、声をひそめて言った。

安五郎は、半次の襟の間から体に晒が巻いてあるのを見てとると、外に出てきて、

「親分、どうしたい？」

と訊いて、後ろ手に障子をしめた。

「匕首でやられたんだが、このことで訊きてえことがあるのよ」

「そうかい」

安五郎は自分から戸口を離れ、棟の角に足をむけた。この前、半次が話を聞いた場所である。

「だれにやられた？」

安五郎が、先に訊いた。

「留という男だ」

「留な……」

安五郎が首をひねった。思い当たらないらしい。

「留吉《とめきち》か、留助《とめすけ》か、そんな名だと思うがな」

「それだけじゃァ分からねえなァ」

「すばしっこい男でな。匕首を顎の下に構えて、飛び込みざま喉を横に掻っ切るのだ。……野良犬か狼のようなやろうよ」

半次が言うと、安五郎が目を瞠《みは》り、

「そいつは、黒犬の留だ!」

と、昂《たかぶ》った声で言った。

「黒犬の留だと?」

「留次《とめじ》ってえ名だが、やつを知る者は、黒犬の留って呼んでるぜ」

安五郎によると、留次は黒っぽい装束に身をつつんでいることが多く、匕首を手にして飛びかかる姿が、野犬に似ていることから黒犬の留と呼ばれて恐れられているという。

「留次の生業は?」

半次が訊いた。

「若いころ、蔦をしていたこともあるらしいが、何年も前に蔦はやめちまって、金ずくで人を殺したり、通りすがりの金持ちらしい男を襲って金を奪ったりしていると聞いているぞ。……ただ、ここ三年ほど、留の噂は耳にしなくなったな」

安五郎が顔をけわしくして言った。

「留次の塒は分かるかい」

「分からねえ。……殺された定造親分も、留の塒はだいぶ探ったらしいが、分からずじまいだったな」

安五郎が、声を落として言った。

「何か、留次をたぐる手掛かりはねえかい」

半次は、留次の居所をつきとめたかった。

「留の妹が、黒江町に住んでいると聞いた覚えがあるが……」

安五郎は語尾を濁した。はっきりしないらしい。

「名は分かるかい」

「およしだったか、おとしだったか……」

「およしじゃァねえのか」

半次は、豊島の妾がおよしという名だったのを思い出した。

「そうかもしれねえ」

「およしだが、相模屋という料理屋の女中をしてなかったか」

「そういゃア、女中をしてるって聞いた覚えがあるな」

安五郎が言った。

「そういうことか」

半次は、豊島と留次はおよしを介して繋がったのではないかとみた。

……相模屋をあたれば、何か出てくるかもしれねえ。

半次は、胸の内でつぶやいた。

2

安五郎から話を聞いた翌日の昼過ぎ、半次は黒江町にむかった。相模屋の近くで、およしと豊島のことを訊いてみようと思ったのだ。相川町の隠れ家から姿を消した豊島の居所が、つかめるかもしれない。

相模屋は、富ケ岡八幡宮の表通りから路地に入ってすぐのところにあった。それほど大きな店ではなかったが、路地沿いには小体な店が多かったので目を引いた。

半次は、相模屋の前を通り過ぎ、半町ほど離れたところにあった小体な下駄屋を目にとめた。およしのことを訊いてみようと思ったのである。

店先から覗くと、客の姿はなく、あるじらしい男が退屈そうにしていた。

「いらっしゃい」

男は半次の姿を見ると、愛想笑いを浮かべて近寄ってきた。半次のことを客と思ったのかもしれない。

「あるじかい」

半次が訊いた。

「あるじの彦次郎《ひこじろう》でございます」

彦次郎の顔から愛想笑いが消えた。半次が客ではないと分かったからであろう。

「訊きたいことがあるのだがな」

そう言って、半次は懐に忍ばせておいた十手を見せた。栈橋の上で、十手を留次に投げ付けたので、手にした十手は古い物だった。

「親分さんで——」

彦次郎の顔に警戒するような表情が浮いた。

「なに、てえしたことじゃァねんだ。……この先に、相模屋という料理屋があるな」

半次は世間話でもするようなくだけた物言いで訊いた。彦次が話しやすくなるように気を使ったのである。

「ございますが」

「相模屋に、およしという女中が勤めていたのだが、知ってるかい」

半次は、およしの名を出した。

「名は聞いたような気がしますが……」

彦次郎は首をひねった。記憶が曖昧《あいまい》らしい。

「馴染みに、大柄な牢人がいてな。いまは、その牢人に囲われているはずだ」

半次は、豊島の名は出さなかった。彦次郎が、牢人の名まで知っているとは思わなかったのである。

「ああ、噂を聞いたことがありますよ」

彦次郎がうなずいた。

「その牢人が、ちょいとした悪さをしたのだ。それで、およしのことを訊いてみようと思ってな」

「さようでございますか」

彦次郎の顔から警戒の色が消えた。たいした調べではないと思ったらしい。

「およしだが、牢人に囲われる前は、どこに住んでいたんだい」

「八幡橋《はちまんばし》の近くの長屋だと聞きましたよ。たしか、勝右衛門《かつえもん》店だったと……」

八幡橋は八幡堀にかかっており、黒江町の西のはずれに位置していた。

「勝右衛門店な」

それだけ分かれば、すぐにつきとめられる、と半次は思った。

「ところで、およしには兄貴がいたのだが、知っているかい」

半次は、留次の名は出さずに訊いてみた。

「聞いたことがありますよ。あまり、評判はよくなかったようで――」

彦次郎が、顔に嫌悪の色を浮かべた。留次の評判を聞いたことがあるようだ。

「その兄貴だが、噂を耳にしたことがあるかい」

半次が訊いた。

「そこまでは――」

知らない、というふうに、彦次郎は首を横に振った。

半次は彦次郎に礼を言って店を出た。それから、半次は路地沿いにある他の店にも立ち寄って、およし、豊島、留次のことを訊いてみたが、新たに知れたことはなかった。

……およしの住んでいた長屋にあたってみるか。

半次は相模屋のある路地を出た足で、八幡橋にむかった。

八幡橋近くで、勝右衛門店はどこかと訊くと、すぐに知れた。八幡堀沿いの道を右手に入り、一町ほど歩くと長屋につづく路地木戸があるという。

半次は教えられたとおり、八幡堀沿いの道を一町ほど歩いた。

……これか。

小体な八百屋と仕舞屋の間に長屋につづく路地木戸があった。棟割り長屋らしい家屋が三棟連なっている。

半次は念のために、八百屋の前にいた店の親爺に、長屋が勝右衛門店かどうか訊いてみた。

「そうだよ」

親爺は、すぐに答えた。

「半助《はんすけ》は、ここに住んでいるのか……」

そうつぶやいて、半次は八百屋の前を離れた。半助は、咄嗟に頭に浮かんだ名である。半次は、親爺におよしの身辺を探っていたことを知られたくなかったのだ。

およしは、長屋にもどっているかもしれない。長屋にもどっていれば、半次のことが八百屋の口からおよしの耳に入ることもある。そうなれば、およしだけでなく、豊島も留次も長屋に近付かなくなるだろう。

半次は路地木戸から一町ほど歩き、小体な笠屋を目にとめた。店の戸口に、菅笠、網代笠などが吊してある。客の姿はなかったが、古い店らしかった。

初老の男が、店先に吊してあった菅笠をとりはずしていた。まだ、暮れ六ツ（午後六時）には間があるが、店仕舞いを始めたようだ。

「親爺さん、ちと、訊きたいことがあるんだがな」

半次は、腰を低くして愛想笑いを浮かべた。岡っ引きと気付かれずに、何とか話を聞こうとしたのである。

「なんだい」

男は、つっけんどんな声で訊いた。

「この先に、勝右衛門店がありやすね」

半次は振り返って、長屋のある方を指差した。

「あるよ」

「長屋におよしってえ女がいたんだが、知ってやすかい」

「およしな。……いたかもしれねえ」

親爺は気のない返事をした。

「相模屋ってえ料理屋で、女中をしてた女でさァ」

「あの、およしな」

親爺がうなずいた。どうやら、親爺はおよしのことを知っているらしい。

「およしが相模屋にいたころ、ちょいと、世話になったんですがね。……相模屋をやめたとき、長屋も出ちまったらしいんだが、いま、どこにいるか知ってやすかい」

半次が訊いた。

「そういえば、三日前《めえ》に、およしが長屋にもどっていると、聞いたぞ」

「長屋に、もどったんですかい」

思わず、半次の声が大きくなった。

「それも、図体のでけえ牢人を銜え込んだってえ話だ」

親爺の口許に下卑た笑いが浮いた。

「…………！」

豊島だ！　と半次は、胸の内で叫んだ。

やっと、豊島の居所をつかんだのである。豊島は相川町の塒を出た後、およしとともに勝右衛門店に身をひそめていたようだ。

3

半次は豊島の居所が知れた翌朝、めずらしく早く起きた。早いといっても、明け六ツ（午前六時）をかなり過ぎ、長屋はやわらかな朝陽に照らされていた。長屋はいつものように朝の喧騒につつまれ、仕事に出かける朝の早いぼてふりや出職の職人などの姿があちこちで見られた。

半次は井戸端で顔を洗い、湯を沸かして、昨夜の残りのめしを湯漬けにして食べた後、十兵衛の家に足をむけた。

「半次、どうした、何かあったのか」

十兵衛が、半次の顔を見て驚いたように目を瞠《みは》った。

「……急ぐことじゃァねえんだが、旦那の耳に入れておこうと思いやしてね」

半次が照れたような顔をして言った。

「朝、早いので、何事かと思ったぞ」

「旦那、もう、六ツ半（午前七時）には、なりやすぜ」

そう言って、半次は腰高障子の間から、家のなかを覗いた。

すると、すぐ近くにいた紀乃と目が合った。紀乃は土間にいて、外の様子を見ていたようだ。

「お、おはよう、ございます」

半次が声をつまらせて言った。ふだん口にしたことのない、やけに丁寧な挨拶である。

「半次さん、おはよう」

紀乃は、平静だった。ただ、紀乃の色白の頬が、熟れた桃のように染まっている。

「半次、なかに入れ」

十兵衛が、言った。

半次は慌てて十兵衛に身を寄せ、

「い、いいえ、旦那だけの耳に入れておきてえんで……」

と、小声で言った。

「男同士の大事な話なのだな」

十兵衛が、紀乃にも聞こえる声で言った。

「まァ、そうで」

内密の話ではないが、紀乃には聞かせたくない捕物のことである。

「紀乃、半次の家へ行くからな。……なに、すぐ、もどる」

そう言い置いて、十兵衛は半次の家にむかった。

ふたりは半次の家に腰を下ろすと、

「半次、朝めしは食ったのか」

と、十兵衛が訊いた。

「すませやした」

「めずらしいことだな。……こうなると、よけい気になる。いったい、何があったのだ？」

十兵衛が、身を乗り出すようして訊いた。

「豊島の居所が知れたんでさァ」

「なに、まことか！」

十兵衛が驚いたような顔をして聞き返した。

「へい、やつはおよしとふたりで、黒江町の長屋に身を隠していやした」

「半次、いったい、いつ探り出したのだ？」

「昨日でさァ」

半次は、地まわりの安五郎に会って話を聞いたことから、黒江町の勝右衛門店の周辺で聞き込んで、豊島とおよしの居所をつかんだことなどをかいつまんで話した。

「さすが、半次だ。やることが早い」

十兵衛が感心したような顔をした。

「それに、旦那、留という男の正体も知れやしたぜ」

半次が言った。

「なに、そっちも、分かったのか」

「へい、やつの名は留次――。黒犬の留と、呼ばれている男でさァ」

半次は、安五郎から聞いた留次のことを話した。

「そいつも、殺しを生業にしている男だな」

十兵衛が低い声で言った。

「多賀屋の番頭の首を斬ったのも、留次のようですぜ」

「匕首で、首を掻き斬るのか。……恐ろしいやつだ」

「押し込み一味には、他にも二本差しがいやす。留次とそいつらが、殺し役を引き受けてるにちがいねえ」

「ただの盗人一味ではないな」

十兵衛の顔が、厳しくなった。

ふたりは口をつぐみ、いっとき虚空に目をむけて黙考していたが、

「それで、旦那、鶴屋の方はどうでやした」

と、半次が訊いた。

「それがな、まったく無駄骨だったのだ」

十兵衛によると、浜吉とふたりで二日間、二刻（四時間）ほども鶴屋を見張ったが、怪しい男は姿を見せなかったという。

「旦那、鶴屋の方は諦めやしょう」

半次が言った。

「あそこは、駄目そうだな」

「明日から、あっしと浜吉とで、勝右衛門店を見張りやすよ」

およしはともかく、豊島はかならず、仲間と接触する、と半次はみていた。

「おれは、どうするのだ？」

十兵衛が不満そうな顔をした。

「旦那には、別の筋から探ってもらいてえんで」

「別の筋というと？」

「竹中仙十郎でさァ」

半次は、十兵衛から聞いた竹中のことが気になっていたが、その後十兵衛から竹中の話はまったく出なかったのだ。

「ああ、竹中か。……一度、本所に出かけて白石道場の門弟から話を聞いたのだがな。居所が知れないので、そのままになっている」

十兵衛が渋い顔をして言った。

「一度、本所へ出かけただけですかい」

それで、諦めるのは早過ぎる、と半次は思った。

「まァ、そうだ。……もうすこし、探ってみるかな」

十兵衛は半次の胸の内を察したらしく、そう言った。

「竹中の筋は、旦那にしか追えねえ。……旦那に頼むしかねえんで」

半次は、十兵衛の気持ちを煽《あお》るように言った。

「よし、やってみよう」

十兵衛が顔をひきしめて言った。

「頼みますよ」

半次には、竹中が押し込み一味とかかわりがあるかどうか分からなかったが、一味のもうひとりの武士を何とかつきとめたかったのだ。

4

「兄い、でえじょうぶですかい」

浜吉が、歩きながら半次に訊いた。

「歩きまわっても、どうということはねえ」

日が経つにつれて、半次の傷は癒えてきた。まだ、左腕を振りまわすことはできないが、多少動かしても出血することはないし、痛みもわずかである。

半次と浜吉は、黒江町にある勝右衛門店を見張るつもりで長屋を出た。豊島とおよしの身辺に目を配り、押し込み一味と接触するのを待って、仲間の塒をつきとめるのである。豊島を捕らえて口を割らせる手もあったが、武士である豊島は町方に捕らえられる前に自害するのではないかと思われた。それに、捕縛できたとしても、一味の者がそのことを知れば、隠れ家から姿を消し、逃げられる恐れがあったのだ。

半次たちは、元鳥越町から奥州街道に出て南にむかった。浅草橋と両国橋を経て本所へ出ると、深川に足をむけた。

ふたりは、岡っ引きと下っ引きには見えない格好をしていた。手ぬぐいで頰っかむりし、顔も隠している。豊島とおよしに、半次たちの動きを気付かせないために用心したのである。

ふたりは、勝右衛門店につづく路地木戸近くまで来て足をとめた。

「どこか、木戸を見張るのにいい場所はないかな」

半次は、八幡堀沿いの道に目をやった。

「兄い、あそこの笹藪《ささやぶ》はどうです」

浜吉が指差した。

路地木戸の左手にある仕舞屋の脇に、狭い空き地があり、その半分ほどが笹藪になっていた。

「あそこなら、路地木戸が見えるな」

半次たちは、笹藪の陰にまわった。視界がふさがれたが、群生した笹を透かして何とか路地木戸を見ることができた。

半次と浜吉は、笹を折って地面に敷き、その上に腰を下ろした。長丁場になると、立ったままでいるのは辛《つら》いのである。

「あとは、気長に待つしかねえな」

半次が西の空にまわった陽に目をむけて言った。

夕陽が家並の向こうに沈みかけていた。七ツ（午後四時）ごろであろうか。

半次は、勝右衛門店を見張るのは、陽が沈むころから一刻半（三時間）ほどにしようと思っていた。豊島が動くとすれば、そのころとみていたのである。それに、一日だけならいいが連日となると、長時間張り込むのは無理である。

「兄い、豊島は長屋から出てきやすかね」

浜吉が訊いた。

「来るさ。豊島のようなやつは、一日中、長屋に籠《こも》っちゃいられねえ」

押し込み一味とも、どこかで会うはずだ、と半次はみていた。

半次と浜吉が、その場に腰を下ろして、小半刻（三十分）もしただろうか。ふいに、浜吉が腰を上げ、

「兄い、出てきた！」

と、声を上げた。

すぐに、半次も腰を上げ、笹藪を透かして路地木戸を見た。

大柄な武士が、路地木戸から通りに出てきたところだった。豊島である。

「もうひとりいるぜ！」

豊島のすぐ後ろに、町人がいた。

小柄な男だった。縞柄の小袖を尻っ端折りし、股引に草履履きだった。職人のような身装《みなり》である。

ふたりは何やら話しながら、堀沿いの道を八幡橋の方へ歩いていく。

……やつも、一味のひとりだ！

と、半次はみた。

小柄な男は豊島の背後についていたが、ふたりの間には仲間内のような雰囲気があった。武士と町人との間に、そのような繫がりがあるとすれば、同じ仕事にかかわっているとしか思えない。とすれば、盗賊であろう。

豊島たちが、一町ほど遠ざかったところで、

「尾けるぜ」

半次が言って、笹藪の陰から出た。

浜吉も半次についてきた。ふたりは堀沿いの道に出ると、前を行く豊島たちの跡を尾け始めた。

豊島たちは、八幡橋のたもとに出ると、富ケ岡八幡宮の表通りを西にむかった。そして半町ほど歩くと、通り沿いにあった一膳めし屋に入った。

「なんでえ、やつら一杯やりに来たのかい」

浜吉が、がっかりしたような声で言った。

「そのようだな」

どうやら、ふたりは夕めしもかねて一杯飲みに来たようである。

「兄い、どうしやす」

浜吉が路傍に足をとめて訊いた。

「豊島といっしょの男だが、押し込み一味かもしれねえぜ」

小柄な男は、豊島に何か伝えることがあって来たのではないか、と半次はみた。

「あっしも、そんな気がしやす」

浜吉が、顔をひきしめて言った。

「やつを尾けてみよう」

「店から出てくるのを待つんですかい」

「そういうことになるな」

半次は、通りに目をやった。

一膳めし屋の斜向かいにそば屋があった。二階に座敷がある。その座敷から、一膳めし屋の店先を見張ることができそうだ。

「浜吉、どうだい。おれたちも、一杯やりながら、やつらが出てくるのを待つかい」

「そうしやしょう」

浜吉が、ニンマリして言った。

ふたりは、すぐにそば屋に入った。店にいた小女に、二階の座敷はあいているか訊くと、他の客がいるが、上がってもいいという。

半次たちは二階に上がった。座敷には間仕切りの衝立《ついたて》が置いてあり、何人かの客がそばをたぐったり、酒を飲んだりしていた。

半次たちは、道側の障子のそばに腰を下ろすと、小女に酒とそばを頼んだ。

小女が階下に下りると、半次は障子をすこしあけて外を見た。

「見えるぜ」

斜向かいにある一膳めし屋の店先が見えた。

豊島と小柄な男が一膳めしから出てきたのは、半次たちがそば屋の二階に腰を落ち着け、一刻(二時間)ほどしたときだった。

半次たちはすぐに立ち上がり、階下へ下りると、半次が銭を払った。その間、浜吉は店先に飛び出し、豊島たちに目をやっていた。

「浜吉、ふたりは?」

半次は店先に出ると、すぐに訊いた。

「あそこで」

浜吉が八幡橋の方を指差した。

豊島と小柄な男の後ろ姿が、月明りのなかにぼんやりと見えた。いまにも、夜陰のなかに溶け込みそうである。

「尾けるぜ」

半次たちは、小走りに豊島たちの後を追った。

半町ほどに近付くと、半次たちは前を行くふたりの歩調に合わせて歩きだした。

振り返っても気付かれないように、店仕舞いした店の軒下や天水桶《てんすいおけ》の陰などに身を隠しながら豊島たちの跡を尾けた。

八幡橋のたもとまで来ると、豊島と小柄な男は左右に分かれた。豊島は八幡堀沿いの道を右手にむかい、小柄な男は左手の路地に入った。その辺りは黒江町である。

「町人を尾けるぜ」

豊島は、勝右衛門店に帰るだけだろう、と半次はみた。

半次たちは小走りになった。路地に入った男の姿が見えなくなったからだ。

路地の角まで来ると、細い路地に小柄な男の姿が、ぼんやりと見えた。小体な店や仕舞屋などが軒を並べている路地で、まだ起きている家もあるらしく、ぽつぽつと灯が洩れていた。

男は、路地沿いにあった小体な仕舞屋に入った。借家ふうの家である。

半次たちは家の戸口近くまで行ったが、すぐに引き返した。今夜のところは、ここまでにして、明日近所で聞き込んでみようと思ったのである。

翌日、半次と浜吉は、小柄な男が入った家の近くまで足を運んできた。そして、ふたりで手分けして近所で聞き込むと、男のことがだいぶ知れてきた。

男の名は佐吉。借家に、おとせという女とふたりで住んでいるそうだ。近所の者の話では、おとせは妾らしいという。

佐吉の生業は分からなかった。日中は家にいて、陽が沈むころ出歩くことが多いので、盗人ではないかと口にする者もいた。

……佐吉は、押し込み一味にまちがいねえ。

と、半次は確信した。

佐吉は頻繁に出歩いているようだった。そのことから、半次は、佐吉が一味の繋ぎ役をしているのではないかとみた。

5

十兵衛はひとり、竪川沿いの道を歩いていた。そこは、本所相生町、四丁目である。相生町は、一丁目から五丁目まで竪川沿いに長くつづいている。

風のない午後だった。晩秋の陽射しが竪川の川面を照らし、油でも流したようににぶくひかっている。

ときおり、荷を積んだ猪牙舟や茶船が通りかかり、川面に波をたて、陽射しを散らしながら過ぎていく。

「二ツ目橋の近くだったな」

十兵衛がつぶやいた。

十兵衛が、相生町に足をむけるようになって四日経っていた。この間、白石道場の門弟に竹中の居所を訊いたり、町筋をまわって竹中の名を出して聞き込んだりしたが、竹中の居所は知れなかった。

そして、昨日、十兵衛は相生町を歩いていて、偶然白石道場の高弟だった滝口《たきぐち》兵《へい》八郎《はちろう》と顔を合わせた。十兵衛が白石道場を訪ねたとき、滝口とも何度か稽古をしたことがあったのである。

「滝口どの、久し振りだな」

十兵衛は、相好をくずして声をかけた。

滝口も年配だった。白石道場をやめて、十数年は経っているだろう。

「谷崎どのか、息災そうだな」

滝口も顔をほころばせた。

「ところで、滝口どの、白石道場にいた竹中仙十郎という男を覚えているか」

十兵衛が切り出した。

「覚えているぞ」

滝口が、渋い顔をして言った。他の門弟たちもそうだが、滝口も竹中を嫌悪しているようだ。

「実は、おれの知り合いの男が辻斬りに殺されて金を奪われたのだが、その辻斬りが、竹中らしいのだ」

十兵衛は、作り話を口にした。それらしい話をしないと、竹中のことが訊けなかったのだ。

「あの男なら、やりそうだ」

滝口の顔が、嫌悪から憎悪に変わった。物言いも憎々しげである。

竹中が白石道場を去った後、辻斬りをしているという噂がたったこともあり、滝口は十兵衛の話を信じたようだ。

「それでな、竹中の居所を知りたいのだ。……町方に竹中を捕らえてもらい、断罪に処せば、敵を討ったことになろう」

「それがいいな」

滝口の声に、同情するようなひびきがあった。

「滝口どの、竹中の居所を知らんか」

十兵衛が、声をあらためて訊いた。

「借家に住んでいると聞いた覚えがあるな。ただ、いまも、そこにいるかどうか分からんぞ」

「その借家は、どこにある？」

「二ツ目橋の近くだったような気がするが……」

滝口が首をかしげながら言った。はっきりした記憶ではないらしい。

「ところで、竹中だが、どんな顔付きをしている？」

十兵衛は、まだ竹中の顔を見たことがなかったのだ。

「面長でな、目の細い男だ」

滝口によると、竹中は中背で、どっしりとした腰をしているという。

「見れば分かるな」

十兵衛と滝口との間で、そんなやり取りがあり、十兵衛は日をあらためて二ツ目橋近くに来ていたのだ。

……さて、どうするか。

十兵衛は、二ツ目橋のたもとに立って付近に目をやった。

通り沿いには表店が並び、借家らしい家屋は見当たらなかった。人通りは多く、店者らしい男、供連れの武士、物売り、町娘などが行き交っている。

十兵衛は、ともかく近所で聞いてみようと思った。牢人の住む借家は、そう多くはないはずである。

十兵衛は、瀬戸物屋の店先にいたあるじらしい男を目にして近付くと、

「この近くに、竹中仙十郎という牢人が住んでいるのだが、知らぬか」

と竹中の名を出して、訊いてみた。

「存じませんねえ」

男は素っ気なく言った。

十兵衛はすぐに瀬戸物屋の店先から離れ、今度は半町ほど先にあった酒屋から出てきた職人ふうの男をつかまえて、同じように訊いてみた。

だが、職人ふうの男も知らなかった。

そんなふうに訊きまわっていると、三軒目に立ち寄った八百屋の親爺が、

「名は知らねえが、ご牢人の住んでいる借家はありやすよ」

と、答えた。

「どこだ?」

「この先に、米屋がありやす。その脇の路地を入って、すぐでさァ」

親爺が通りの先を指差して言った。

「手間をとらせたな」

そう言い置いて、十兵衛は八百屋の店先から離れた。

しばらく歩くと、舂米屋《つきごめや》があった。その脇に路地がある。

十兵衛は路地に足をむけた。路地沿いに、小体な店や仕舞屋などが並んでいた。どれが、竹中の住む借家か分からない。

十兵衛は通りかかった長屋の女房らしい女に、この近くに竹中という牢人の住む借家がないか訊いてみた。

「そこの家ですよ」

すぐに、女は三軒先の家を指差して言った。

小体な借家ふうの家だった。十兵衛は女が立ち去った後、家の前を通ってみた。戸口の板戸はしまっていた。家はひっそりとして、物音も話し声も聞こえてこなかった。

……留守かもしれない。

と、十兵衛は思った。

そのまま家の前を通り過ぎ、近所の住人らしい老爺が通りかかったので、だれが住んでいるか訊いてみた。やはり、竹中だった。

老爺によると、ちかごろ竹中は家にいることはすくないようだという。

「独り暮らしかな?」

十兵衛が訊いた。

「三年ほど前まで、ご新造さんらしい女がいっしょだったんですがね。流行病《はやりやまい》で亡くなったようですよ」

その後は、竹中ひとりで暮らしているという。

「だれか、家に訪ねて来ることはないのか」

十兵衛は、押し込みの仲間が訪ねて来るのではないかとみたのである。

「ときどき、大柄なお侍と歩いているのを見かけることがありやすよ」

老爺が、目をしょぼしょぼさせながら言った。

「大柄な侍か」

十兵衛は、豊島ではないかと思ったが、大柄というだけで豊島と決め付けることはできない。

十兵衛は竹中の生業や行きつけの店なども訊いてみたが、老爺は知らないようだった。竹中は仕事をしていないのだろう。

……竹中は押し込み一味のようだ。

と、十兵衛は思ったが、まだ断定はできなかった。

十兵衛は、竹中を自分の目で見てみようと思った。見れば、身辺にただよっている殺気や雰囲気から、ひとを何人も斬っている男かどうか分かるはずである。

十兵衛は老爺に礼を言って別れると、竪川沿いの通りへ足をむけた。竹中は留守のようなので、明日出直そうと思ったのである。

十兵衛が舂米屋の近くまで来たとき――。

路地沿いの仕舞屋の脇に身を寄せて、十兵衛の後ろ姿に凝《じっ》と目をむけている男がいた。中背で総髪、面長で細い目をしていた。竹中である。

竹中が家に帰るつもりで路地を歩いてくると、路傍に立って老爺と話している十兵衛の姿が目に入ったのだ。

……あやつ、おれのことを探っているのではあるまいか。

竹中は直感的に思った。

すぐに、仕舞屋の陰に身を寄せ、十兵衛の様子をうかがった。

竹中は十兵衛が何者か分からなかった。ただ、どっしりとした腰や隙のない身のこなしから剣の遣い手とみてとった。

竹中は十兵衛が自分の目の前を通り過ぎ、春米屋の脇から竪川沿いの通りに出るのを目にすると、急いで仕舞屋の脇から路地に出た。そして、自分も春米屋の脇から通りに出て、十兵衛の背に目をやった。

十兵衛は両国橋の方へむかっていく。

竹中は竪川沿いの道を歩いていく十兵衛の背を見つめたまま、

……あやつも、始末せねばならんな。

と、胸の内でつぶやいた。

6

その日は曇天だった。

十兵衛は、昼食後一休みしてから権兵衛店を出た。相生町の竹中の住む借家を見張り、竹中の姿を自分の目で見たいと思った。

十兵衛は両国橋を渡って竪川沿いの通りに出ると、東に足をむけた。

風があった。竪川の川面を渡ってきた風には、冬の到来を思わせるような冷気があった。風で川面が波立ち、汀《みぎわ》の石垣に打ち寄せていた。その波音が、十兵衛の足元から絶え間なく聞こえてくる。

十兵衛は竪川にかかる二ツ目橋のたもとを通り、舂米屋の脇の路地に入った。そして、足音を忍ばせて竹中の家の戸口近くまで行くと、路傍に身を寄せて家の様子をうかがった。家はひっそりとしていた。だが、かすかに物音がし、ひとのいる気配がした。

……だれかいる！

十兵衛は、竹中だろうと思った。

家に踏み込むわけにはいかなかったので、十兵衛は近くに身を隠して竹中が家から出るのを待つことにした。路地の先に目をやると、向かい側の数軒先に表戸をしめた小店があった。商売が行き詰まって店をとじたのかもしれない。

十兵衛はその店の脇に身を隠して、竹中が姿をあらわすのを待つことにした。

十兵衛が竹中の家の前を通り過ぎ、店の脇に身を隠して間もなく、竹中の家の引き戸があいた。

姿を見せたのは、網代笠をかぶった武士だった。小袖にたっつけ袴、腰の黒鞘の大小を帯びている。

……こやつが、竹中か！

十兵衛は竹中だと思ったが、確信できなかった。武士は中背で腰が据わっていたが、顔が見えないのだ。

網代笠をかぶった武士は路地に出ると、十兵衛が身を隠している方へ足早に近付いて来た。

……おれの方に来る！

網代笠の武士は、十兵衛にむかって来た。

武士は、十兵衛から十間ほど間をとって足をとめた。体を十兵衛にむけている。

どうやら、十兵衛がこの場にひそんでいるのを知っているようだ。

「そこにいる男！」

武士が、十兵衛に声をかけた。

十兵衛は左手で刀の鍔元《つばもと》を握り、鯉口《こいぐち》を切った。そして、武士を見すえたまま店の脇から路地に出た。

十兵衛は五間ほどの間合をとって武士と対峙《たいじ》すると、

「竹中仙十郎だな」

と、訊いた。

「だ、だれでもいい」

武士の声が、つまった。突然、名を呼ばれて動揺したらしい。否定しないところからみても、竹中にまちがいないようだ。

「おれに、気付いていたようだな」

十兵衛が訊いた。

「おぬしが、家の戸口に来たときからな」

竹中は、家のなかで十兵衛の姿を目にしたにちがいない。

「おぬしだな、夜鷹そば屋の亀吉と島崎屋の番頭を斬ったのは」

十兵衛が語気を強くして訊いた。

一瞬、竹中の肩先が動き、網代笠が揺れた。動揺し、体に力が入ったのだ。だが、竹中はすぐに平静になり、

「おぬしが何者であれ、そこまで知られたからには、死んでもらうしかないな」

言いざま、抜刀した。

やはり、竹中は押し込み一味のようだ。亀吉と島崎屋の番頭を斬ったのも、竹中であろう。

「端《はな》から、おれを斬る気でここに来たのだな」

竹中にその気がなかったら、家から出なかったはずだ、と十兵衛は思った。

「おぬしが、おれの家を探っていたのは、承知していたさ」

竹中は八相に構えた。

柄《つか》をつかんだ両手を右手に倒し、刀身を横にむけている。網代笠が邪魔にならないように、刀身を寝かせたのかもしれない。

「竹中、すでに正体は知れているのだ。笠をかぶって、顔を隠すことはあるまい」

十兵衛が言った。

このとき、十兵衛は亀吉と島崎屋の番頭に残された刀傷を思い浮かべた。ふたりとも袈裟に斬られていた。深い傷である。おそらく、竹中は八相から袈裟に斬り込んだのであろう。竹中は、八相から袈裟への太刀を得意にしているのかもしれない。

「もっともだな」

竹中は、すばやく後じさり、十兵衛が大きく間合を取ると、左手で笠の紐《ひも》を解《ほど》き、網代笠を路傍に投げ捨てた。

面長で、細い目をしていた。その目が、切っ先のようにひかっている。

竹中はふたたび八相に構え、摺《す》り足で十兵衛との間合をせばめてきた。

「いくぞ！」

十兵衛は青眼に構え、切っ先を竹中の目線につけた。

ふいに、竹中が寄り身をとめた。両肘を高くとり、刀身を垂直に立てている。大きな八相の構えである。

ふたりの間合は、およそ四間——。まだ、遠間《とおま》である。

このとき、竹中の顔に驚愕《きょうがく》の表情が浮いた。十兵衛の切っ先が、眼前に迫ってくるような威圧を感じたにちがいない。竹中は、十兵衛がこれほどの遣い手とは思っていなかったのだろう。

だが、竹中はすぐに表情を消し、全身に激しい気勢を込めた。気魄《きはく》で、十兵衛の威圧を圧倒しようとしたのである。

十兵衛も全身に気勢を漲《みなぎ》らせ、剣尖《けんせん》に斬撃の気配を見せた。気攻《きぜ》めである。

ふたりは、青眼と八相に構えて対峙したまま動かなかった。時のとまったような静寂と息づまるような緊張のなかで、ふたりの激しい気攻めがつづいた。

気と気の攻防である。

ジリッ、と竹中の左足が前に出た。

刹那、剣の磁場が破れ、ふたりの全身に斬撃の気がはしった。

タアッ！

トオオッ！

ほぼ同時に、ふたりは裂帛《れっぱく》の気合を発し、体を躍らせた。

竹中が八相から袈裟へ。

十兵衛は、振り上げざま真っ向へ。

二筋の閃光がふたりの眼前で合致し、青火が散り、甲高《かんだか》い金属音がひびいた。

次の瞬間、ふたりの刀身が跳ね返った。

ふたりの動きは、それでとまらなかった。すばやい体捌《たいさば》きで、二の太刀をふるった。

竹中は背後に跳びざま刀身を横に払い、十兵衛は一歩引きながら、敵の鍔元を狙って斬り下ろした。俊敏な動きである。

ザクッ、と竹中の右の前腕が裂けた。十兵衛の切っ先が、斬り裂いたのである。

一方、竹中の切っ先は、十兵衛の袂を裂いて、空を切った。

一瞬の攻防だった。

ふたりは、大きく間合をとり、ふたたび青眼と八相に構え合った。

高くとった竹中の右腕から、血が赤い筋を引いて流れ落ち、肩から胸にかけて着物を赤く染めていく。

「おのれ！」

竹中の顔が苦悶にゆがんだ。高く構えた刀身が震えている。右手を斬られたことで気が昂《たかぶ》り、体に力が入っているのだ。

イヤアッ！

突如、竹中が大気を劈《つんざ》くような気合を発した。

竹中は己が力んでいることに気付き、気合を発して気を静めようとした。体の力みは、一瞬の反応をにぶくし、読みを誤らせるのだ。

竹中の刀身の震えがとまった。気の昂りが、気合を発したことでいくぶん静まったのかもしれない。

竹中は全身に激しい気勢を込め、斬撃の気配を見せた。

そのときだった。十兵衛の背後で、数人の足音がし、「斬り合いだ！」「近付くな！」「ひとり、腕を斬られている」などという声が聞こえた。

十兵衛は後じさり、竹中との間合をとってから振り返ると、黒い半纏を羽織った男たちが四人いた。道具箱を担いでいる者もいる。大工たちが早めに仕事を終え、通りかかったらしい。

竹中は間合をつめてこなかった。まだ、八相に構えていたが、気魄がない。闘気が薄れているようだ。

ふいに、竹中は後じさり、八相から刀身を下げた。

「この勝負、あずけた」

言いざま、竹中は反転して駆けだした。

十兵衛は追わなかった。竹中の逃げ足は速く、追っても逃げられると思ったからである。竹中は、刀身を引っ提げたまま自分の家の前を走り過ぎた。その刀身が、にぶい銀色にひかりながら遠ざかっていく。

……いずれ、竹中とは勝負をつけるときがあろう。

そうつぶやいて、十兵衛はゆっくりと納刀した。

7

「半次、どうだ、飲むか」

十兵衛が貧乏徳利を手にして言った。

半次の家だった。座敷には、半次、浜吉、十兵衛の三人がいた。忠兵衛や熊造の姿はなかった。このところ、事件の話をするとき、忠兵衛たちには声をかけなかった。それというのも、岡っ引きの定造が殺され、さらに半次と浜吉が襲われたこともあって、下手に押し込み一味のことを探ったりすると、いつ襲われるか分からない恐れがあったからである。忠兵衛たちもそのことは分かっていて、おとなしくしているようだった。

「それじゃァ、一杯だけ」

半次は湯飲みを手にした。

半次の傷はだいぶ癒えていた。腕をまわしても痛みはほとんどなくなったし、傷口が開く心配もなさそうだった。

半次は十兵衛についでもらった酒で、喉をうるおした後、

「竹中仙十郎が、押し込み一味のひとりですかい」

と、念を押すように訊いた。

「まちがいない。亀吉と番頭の房蔵を斬ったのも、竹中だ」

十兵衛はそう言うと、手にした湯飲みをかたむけた。

「一味が、だいぶ知れてきやしたね」

浜吉が、口をはさんだ。

「これで、七人のうち四人が知れたのか」

半次が言った。

豊島剛右衛門、竹中仙十郎、黒犬の留こと、留次、それに繋ぎ役らしい佐吉である。もうひとり、半次たちを襲った三人のなかに、痩せてひょろっとした長身の男がいたが、名も塒も分かっていなかった。

「それで、竹中は相生町の塒にいまもいるんですかい」

半次が訊いた。

「いや、姿を消したようだ」

十兵衛が竹中とやり合って三日経っていた。

昨日、十兵衛は相生町に出かけ竹中が住んでいた借家まで行ってみたが、ひとのいる気配はなかった。おそらく、竹中は十兵衛と闘った日、家の前を走り去ったままもどっていないのだろう。

「いま、居所がつかめているのは、ふたりだけか」

豊島と佐吉である。

「半次、どうだ、ひとりつかまえて、口を割らせたら」

十兵衛が、膝先の小鉢に指先をむけながら言った。

小鉢には、ちいさく切った茄子《なす》の古漬が入っていた。お寅が、夕餉《ゆうげ》の菜にするようにとどけてくれたのである。

「それも手だが……」

半次がつぶやくように言った。

十兵衛は茄子を口にし、「うまいな、半次も食ってみろ」と言って、小鉢を半次の膝先に置いた。

半次は小鉢に手を伸ばし、

「つかまえるとすれば、佐吉だが……。旦那、佐吉をつかまえれば、他の六人は姿を消しちまうかもしれませんぜ」

と、茄子を指先でつまんだまま言った。

「うむ……」

十兵衛は渋い顔をして茄子を嚙んでいる。

「それに、気になることがあるんでさァ」

そう言って、半次はつまんだ茄子を口に運んだ。

「何が気になる？」

「一味の頭でさァ。……まったく見えてこねえ」

「勘兵衛が頭とみているのか」

「それも分からねえ。勘兵衛は年寄り過ぎて、押し込みの頭は無理なような気がしてるんですがね」

ただ、勘兵衛が押し込み一味にかかわっているのは、たしかな気がした。

「ともかく、勘兵衛の居所をつかむことだな」

「へい……」

「半次、何か手はあるのか」

十兵衛は、酒の入っている湯飲みに手を伸ばした。

「これといった手はねえが……。やっぱり、佐吉を見張って、仲間の塒をつかむしかねえな」

一味の者をたどって頭か勘兵衛の居所がつかめれば、一気に捕縛することもできる、と半次は踏んでいた。

「旦那、あっしと浜吉とで、しばらく佐吉を張ってみまさァ」

半次が言うと、

「張り込みは、慣れやしたんでね」

と、浜吉が脇から口をはさんだ。

それから、半次たち三人は、事件の話はあまりしなくなったが、一刻（二時間）ほども飲んだ。十兵衛は腰をすえて飲んでいる。久し振りで半次と飲んだせいもあるのか、なかなか腰を上げようとしなかった。

五ツ半（午後九時）を過ぎただろうか——。飲み始めたころは、長屋のあちこちから聞こえていた話し声や赤子の泣き声、腰高障子をあけしめする音などが、いまは聞こえなくなっていた。

「これで、おつもりにしやしょう」

そう言って、半次が十兵衛の湯飲みにすこしだけ酒をついだ。

「まだ、いいではないか……」

十兵衛が濁声《だみごえ》で言い、湯飲みをかたむけた。顔が赭黒く染まっている。だいぶ、酔ってきたようだ。

「旦那、いいんですかい。……いまごろ、お嬢さんが旦那の帰りを心配して、戸口まで迎えに出てるかもしれやせんぜ」

冗談ではなかった。半次は、紀乃がいたたまれなくなって、ここまで迎えに来るのではないかと思ったのである。

「紀乃を心配させては、いかんな」

十兵衛は、手にした湯飲みを膝先に置いた。紀乃のことになると、十兵衛は我を通さなくなる。

「そうでさァ。……あんな可愛いお嬢さんを、夜更けまでひとりにしておいちゃァいけねえ」

「帰るか」

十兵衛は、腰を上げた。

立ち上がったが、すこし腰がふらついている。

「旦那、酔って見苦しいところを、お嬢さんに見せねえようにしてくだせえよ」

十兵衛は、しゃんと立って歩きだした。

それでも、半次は後ろから十兵衛の腰のあたりを支え、いっしょに土間に下りた。浜吉も、十兵衛の後ろからついてきた。

腰高障子をあけると、外は深い夜陰につつまれていた。長屋の家々は夜の帳《とばり》につつまれていたが、十兵衛の家の腰高障子には灯の色があった。紀乃が、十兵衛の帰りを待っているらしい。

「旦那、お嬢さんが待ってますぜ」

半次が小声で言った。

「分かっている」

「半次、もうすこし早く切り上げればよかったな」

十兵衛は、ばつの悪そうな顔をして家の方へ歩きだした。

第五章　頭目

1

暮れ六ツ（午後六時）を過ぎていた。路地は淡い夕闇に染まっている。

半次と浜吉は、店仕舞いした小体な下駄屋の脇にいた。店の脇の葉を茂らせた八つ手の陰に身をひそめ、斜向かいにある佐吉の住む借家を見張っていたのである。

半次たちが、佐吉の家を見張り始めて一刻（二時間）ほど経つ。明るいうちは、半町ほど離れた路地沿いの樹陰から見張っていたのだが、下駄屋が表戸をしめたのを見て、この場に移動したのである。

「そろそろ、出て来てもいいころだがな」

半次が、小声で言った。

半次たちが、佐吉の家を見張るようになって三日目だった。この二日、佐吉は陽が沈むころに家から姿をあらわし、一昨日は豊島の住む勝右衛門店に出かけ、昨日はひとりで門前通りの飲み屋に出かけて一杯やって帰った。

「だいぶ、暗くなってきやしたぜ」

浜吉がそう言ったとき、家の引き戸があいた。姿を見せたのは、佐吉である。

「兄い、出て来やしたぜ」

「ひとりだな」

いっしょに住んでいるおとせは、顔を出さなかった。

佐吉は棒縞の小袖を尻っ端折りし、両脛をあらわにしていた。遊び人のような格好である。

佐吉は路地に出ると、八幡橋の方に足をむけた。

「また、飲みに行くんですかね」

浜吉が、間延びした声で言った。今日も、無駄骨だろうという気があるようだ。

「尾けるぜ」

半次は、ともかく佐吉の行き先をつきとめようと思った。半次の胸の内には、佐吉は豊島以外の仲間とも会うはずだ、という読みがあった。

半次たちは八つ手の陰から路地に出ると、佐吉の跡を尾け始めた。

佐吉は八幡橋のたもとに出ると、富ケ岡八幡宮の門前通りを東にむかった。豊島の家に行くのではないようだ。豊島の家は、八幡堀沿いの道をたどった先にある。

佐吉は門前通りを足早に歩いていく。通りは賑わっていた。遊山客や遊客などが、行き交っている。

佐吉は、昨夜の飲み屋の前も素通りした。

「飲み屋じゃァねえ」

浜吉が昂《たかぶ》った声で言った。

どうやら、佐吉の行き先は豊島家でも飲み屋でもないらしい。

佐吉は一ノ鳥居をくぐり、さらに富ケ岡八幡宮の方へむかって歩いた。山本町に入ると、通りの先に万喜楼が見えてきた。客がいるらしく、二階の座敷の障子が夕闇のなかに明らんでいる。

佐吉は万亀楼に近付き、そば屋の脇を左手におれた。

「極楽横丁だぜ」

そこは、極楽横丁の入り口だった。

半次と浜吉は、小走りになった。そば屋の陰になって佐吉の姿が見えなくなったからである。

そば屋の脇までくると、横丁を歩いていく佐吉の姿が見えた。佐吉は飲み屋、一膳めし屋、小料理屋などのつづく路地を、ぶらぶら歩いていく。

……鶴屋に行くのかもしれねえ。

半次がそう思ったときだった。ふいに、佐吉が右手におれ、その姿が見えなくなった。そこは、赤提灯を出した飲み屋の脇だった。

半次たちは走った。飲み屋の脇まで来ると、そこに細い路地があった。見ると、路地の先に佐吉の姿がある。

闇が深く、狭い路地だった。それでも、路地は上空に残った明るさでぼんやりと浮き上がったように見えていた。脇に溝《どぶ》があり、悪臭がただよっている。半次たちは、足音を忍ばせて佐吉の後を尾けた。

路地はすぐに右手におれた。鶴屋の裏手へつづいているらしい。

半町ほど歩くと、佐吉は足をとめた。そこは、極楽横丁沿いにつづく店の裏手だった。

「おい、鶴屋の裏だぞ」

半次が、路地の脇に足をとめて言った。

佐吉が足をとめたすぐ前に背戸があった。鶴屋の背戸らしい。そこからも、出入りできるようだ。背戸の脇に芥溜《ごみため》があり、軒下には薪《まき》が積んであった。

佐吉が背戸をあけて、なかに入った。

……ここが、やつらの出入り口だ！

と、半次は直感した。佐吉だけでなく、押し込み一味もここから出入りしているのではあるまいか。

これまで、半次たちは鶴屋の表の出入り口を見張っていたが、裏手から出入りしていたのなら、目にとまるはずがない。

「兄い、どうしやす」

浜吉が目を瞠《みは》って訊いた。ふたつの目玉が、夕闇のなかで白く浮き上がったように見えた。

「ここを見張るんだ」

半次は、路地の左右に目をやった。

五軒ほど先の店の裏手に大きな芥溜があり、その脇に椿がこんもりと枝葉を茂らせていた。その樹陰なら、身を隠して鶴屋の背戸を見張れそうである。

半次と浜吉は、椿の陰にまわった。そこから鶴屋の背戸が見えたが、嫌な臭《にお》いがただよっていた。芥溜が近くにあるせいである。

半次たちが、その場に身を隠していっときしたとき、

「男が来やした！」

浜吉が、声を殺して言った。

黒の半纏に股引姿の男だった。長身で背がひょろっとしている。

「やつは、おれたちを襲ったひとりだぜ」

半次は、その男の体軀に見覚えがあった。大川端で、半次たちを襲った三人のうちのひとりである。

男は鶴屋の背戸をあけてなかに入った。

「鶴屋は、盗人宿かもしれねえな」

半次が言った。

盗人宿かどうかはともかく、押し込み一味の密会の場になっているのではないかと思った。とすると、勘兵衛が一味にかかわっているとみていいようだ。鶴屋の女将のおつたは、勘兵衛の情婦と目されている女である。

「今夜、押し込み一味が、ここに集まるんですかい」

浜吉が、昂った声で訊いた。

「どうかな」

今夜、集まるかどうか分からなかった。

それから、半次と浜吉は椿の陰に身を隠したまま鶴屋の背戸に目をむけていたが、押し込み一味らしい男は姿を見せなかった。

佐吉も背の高い男も、出て来なかった。背戸から出て来たのは女中のおなつと包丁人の弥之助だけだった。半次たちは、以前鶴屋を見張っていたとき、おなつと弥之助の顔を見ていたので分かったのである。

おなつは、手桶の水を溝に捨てに来たようだ。何か洗った汚水らしかった。弥之助は背戸から出て来て、だれか探すように路地の左右に目をやっただけで、すぐに店にもどってしまった。

「佐吉と背の高《たけ》え男は、どうしたんですかね」

浜吉が、生欠伸を噛み殺して言った。

すでに、ふたりがこの場に身を隠して一刻半（三時間）ほど経つ。だいぶ夜も更けていた。

「そろそろ、出て来てもいいころだがな」

半次と浜吉が、そんなやりとりをしているとき、背戸があいた。

「出て来やしたぜ！」

姿を見せたのは、佐吉と長身の男だった。ふたりは路地に出ると、来た道を引き返していった。

路地は深い夜陰につつまれていた。頭上の月明りで、淡い青磁色の帯のようにつづいている。

半次と浜吉が、ふたりの男が遠ざかったところで路地に出た。跡を尾けて行き先をつきとめるつもりだった。

先を行くふたりの姿が、月明りのなかに黒い人影となってぼんやりと見えた。

佐吉たちふたりは門前通りへ出ると、左右に分かれた。佐吉は西に、長身の男は東にむかった。

半次たちは、長身の男の跡を尾けた。佐吉は、黒江町にある自分の塒に帰るとみたからである。

長身の男は富ケ岡八幡宮の門前を通り過ぎ、入船町の長屋に入った。

半次たちは尾行はそこまでにし、明日出直して、長身の男について聞き込んでみることにした。

翌朝、半次たちは入船町に行き、長身の男が入った長屋の周辺で聞き込んだ。近所の住人たちに訊くと、男のことがはっきりしてきた。

男の名は盛助《もりすけ》。庄五郎店で、独り暮らしをしているという。歳は三十がらみ、若いころは大工の見習いをしていたが、いまはぶらぶらしているそうだ。長屋の住人には、親戚に金持ちがいて、面倒をみてもらっていると話しているらしい。

「これで、五人目が知れたぜ」

半次が、浜吉に言った。

2

半次と浜吉は、盛助の住む庄五郎店の近くで聞き込んだ翌日、深川山本町に足を運んだ。そして、万喜楼の近くにあるそば屋の脇に立った。そこは、極楽横丁の出入り口である。ふたりは、鶴屋の女中、おなつが来るのを待っていた。ここまで来たら、鶴屋に勤めている者から直接話を聞いてみようと思ったのである。

八ツ（午後二時）ごろだった。半次は以前、鶴屋の近くで聞き込んだとき、おなつは八ツ過ぎに店に入ると聞いていたのだ。

半次たちがその場に立って間もなく、おなつが姿を見せた。色っぽい年増である。小袖に葡萄茶《えびちゃ》の帯、黒下駄を履いていた。

半次はおなつに近付き、

「おなつさんですかい」

と、声をかけた。

おなつは驚いたような顔をして半次と浜吉を見たが、

「あんた、だれなの」

と、つっけんどんに訊いた。気の強い女らしく、半次たちを睨むように見すえている。

「姐《あね》さんに、ちょいと、訊きてえことがありやしてね。……実は、あっしの妹のことなんでさァ」

半次は、首をすくめながら言った。ここは下手に出て、何とかおなつにしゃべらせようと思った。

「あんたの妹がどうしたのさ」

「鶴屋に、佐吉ってえ男が顔を見せやせんか」

半次は佐吉の名を出した。

「みえるけど、佐吉さんが、どうかしたのかい」

「佐吉に、あっしの妹がほの字なんでさァ。……まだ十六のうぶな娘でしてね。八幡様にお参りにいったとき、佐吉に声をかけられたらしいんでさァ」

半次は、もっともらしい作り話を口にした、

「それで、どうしたのさ」

おなつの目に好奇の色が浮いた。こうした話は、好きらしい。

「妹のやつ、佐吉さんといっしょになりてえなんて言いだしやしてね。あっしが、佐吉は何を生業にしているのか訊きやすと、妹は、佐吉さんが鶴屋に入るのを見かけたので、包丁人じゃァねえかと言うんでさァ」

そこまで話すと、半次は一呼吸置き、

「佐吉は、鶴屋の包丁人ですかい」

と、声をあらためて訊いた。

「ちがいますよ。鶴屋の板場には、弥之助さんという腕のいい男《ひと》がいますからね」

「佐吉は包丁人じゃァねえのか」

「あの男《ひと》、包丁を握ったこともないんじゃァないかね」

「佐吉は店に出入りしてるようだが、客ですかい」

「まァ、客でしょうね。……女将さんの旦那の知り合いなんですよ」

「それで、店に来て何をしてるんだい？」

半次が訊いた。

「仲間内で集まって話してることが、多いみたいね。ときどき、旦那がくわわることもあるようだけど――」

「旦那はだれだい」

半次は、押し込み一味が集まって密談しているのではないかと思った。旦那が、頭目であろう。

「あ、あたし、名は知らないんだよ」

おなつが、眉を寄せて言いづらそうな顔をした。知っていても、話せないということかもしれない。

「一度、女将さんと年寄りが歩いているのを見かけたことがあるんだが、その男かい」

半次は、勘兵衛を頭に浮かべて訊いた。

「……そうよ」

おなつが、急に声をひそめて言った、

「あの男が、旦那か。……いや、あの歳じゃァてえへんだな。下の方も、思うようにならねえんじゃァねえかな」

半次が薄笑いを浮かべて言った。

「なに言ってるんだい、この男《ひと》!」

おなつは呆《あき》れたような顔をしたが、目には卑猥なひかりが宿っている。

「ところで、旦那も鶴屋にいるのかい」

「いないよ。ときどき、顔を見せるだけ」

「それじゃァ、女将さんが寂しいんじゃねえかな」

半次が小声で言った。

「そんなことないよ。女将さん、三日に一度は、旦那のところに通っているもの」

「旦那は、鶴屋の近くに住んでるのかい」

どうやら、勘兵衛は鶴屋でなく別のところに住んでいるらしい。

「そう。あたし、どこか知らないけど、近くらしいよ」

「鶴屋の近くか……」

おつたの跡を尾ければつかめると、と半次は思った。

半次が口をつぐんでいると、

「あたし、行くよ。こんなところで、油を売ってられないからね」

おなつが歩きだそうとすると、

「ちょいと、待ってくれ」

と、半次がとめた。

「おれと妹のことは、佐吉に内緒にしておいてくれ。話が拗《こじ》れると、妹がかわいそうだからな」

「分かったよ。あんた、妹思いの兄さんだね」

おなつは、そう言い残し、下駄の音をひびかせてその場を離れた。

「兄い、見直しやしたぜ」

浜吉が感心したような顔をして言った。

「何のことだ」

「御用聞きが、押し込み一味のことを探っていると気付かれずに、うまく聞き出しやしたからね」

「まあな」

半次は、うまく聞き出したとは思わなかった。鶴屋に集まっている佐吉の仲間に武士がいるのかも、勘兵衛と思われる旦那が、どんな態度で佐吉たちに接しているのかも訊けなかったのだ。

それから、三日後、半次は勘兵衛と思われる男の住んでいる家をつきとめた。鶴屋の裏手に張り込み、姿を見せたおつたの跡を尾けて分かったのである。

鶴屋の裏手の路地をたどり、北にむかうと油堀に突き当たるが、その堀沿いに黒板塀をめぐらせた家屋があった。富商の隠居所を思わせるような屋敷である。簡素な造りだが片開きの木戸門もあった。

おそらく、勘兵衛と思われる男の他に女中や下働きの者もいるのだろう。あるいは、まだ正体の知れない一味のひとりが、同居しているかもしれない。

3

「だいぶ、一味の居所が知れてきたな」

十兵衛が目をひからせて言った。

半次の家だった。半次、十兵衛、浜吉の他に、忠兵衛、熊造、猪吉の三人も姿を見せていた。半次が声をかけたのである。

半次は、これまでの探索で分かったことをかいつまんで忠兵衛たちにも話した。

ちかごろはあまり出かけなかったが、当初は忠兵衛たち三人も亀吉殺しの下手人をつきとめるために、聞き込みに当たっていたのである。

「さすが、半次親分だ。あっしらとはちがいやすぜ」

熊造が感心したように言った。

「わしは、初めから半次ならやるとみていたぞ。熊造は、ひとを見る目がないのだ」

そう言って、忠兵衛は厳めしい顔をした。

「浜吉と谷崎の旦那のお蔭でさァ」

半次が照れたような顔をした。

「それより、これからどうするかだぞ」

十兵衛が、顔をひきしめて言った。

「どうだな、町方に話して押し込み一味を一網打尽にしてしまったら」

と、忠兵衛。

「それも手ですがね、鶴屋の旦那が勘兵衛かどうかも分かってねえんで……。それに、一味の頭目がだれなのかもはっきりしねえ」

半次は、鶴屋の旦那が勘兵衛だったとしても、盗賊の頭として店に押し入るのは無理ではないかとみていた。とすると、店に押し入った一味の頭目は別にいることになる。店に押し入った一味の七人のうち、まだふたり正体がつかめていなかった。半次たちは姿も目にしていないし、名も分からなかった。そのひとりが、頭目かもしれない。

これまでに、半次たちがつかんだのは、豊島、竹中、留次、佐吉、それに盛助である。

そのとき、猪吉が口をはさんだ。

「半次親分、亀吉を斬り殺した下手人は、分かったんじゃァねえのかい」

「竹中とみている」

半次が言うと、十兵衛もうなずいた。

「あっしらは、竹中だけつかまえりゃァいいんじゃァねえかな。それで、亀吉の敵は討ったことになりやすぜ」

「後は町方にまかせるのか」

「そうでさァ」

「まァ、それでもいいが……」

岡っ引きとしては、そうはいかなかった。押し込み一味を捕らえることが、仕事である。それに、いまのところ、竹中の居所が知れていないのだ。

「それはできんぞ」

十兵衛が声を大きくして言った。

「考えてみろ。竹中は、一味の頭の指図で亀吉を斬ったのだ。その頭に逃げられたのでは、亀吉の敵を討ったことにはなるまい。半次と浜吉のこともある。ふたりは一味の者に襲われ、半次が大怪我を負ったからな。その始末もつけねばならん。……それにな、どうしても一味の者を捕らえねばならんわけがあるのだ」

十兵衛が、一同に視線をまわしながら言った。

「な、なんでえ、わけというのは?」

巨漢の熊造が、声をつまらせて訊いた。

「竹中だけを始末し、他の者たちをそのままにしておいたら、ここにいるおれたちはどうなると思うな。まちがいなく、半次と浜吉のように、命を狙われるぞ。盗人一味には、殺しを仕事にしているような男が、何人もいるからな」

「それは、まずいな。やはり、わしが言ったとおり、一味の者を一網打尽にせねばならん」

忠兵衛が、甲走った声で言った。

その場にいた男たちが、苦悶するように顔をしかめて口をつぐんだ。ここに集まった者たちで、押し込み一味を一網打尽にすることなど無理である。

「こうすればいい」

半次が声を上げると、男たちの目がいっせいに半次に集まった。

「一味のひとりを捕らえて、吐かせるのだ。一味の頭が分かり、居所がはっきりしたら、岡倉の旦那に話して、いっせいに一味の者たちを捕らえればいい」

「妙案だ！」

忠兵衛が声を上げると、男たちがうなずいた。

「それで、だれを捕らえるな」

十兵衛が訊いた。

「盛助がいいですぜ。……佐吉は繋ぎ役らしいんで、いなくなるとすぐに分かりやすからね」

いま、隠れ家が知れているのは、盛助、佐吉、豊島の三人だけである。

「よし、盛助を捕らえよう」

十兵衛が言った。

盛助を捕らえ、権兵衛店に連れてきて吐かせることになった。以前、長屋の者が事件に巻き込まれたとき、下手人のひとりを捕らえ、半次たちが長屋で訊問したことがあったのだ。

「それで、おれと半次の他にだれが行くな」

十兵衛が、男たちに目をやって訊いた。

「わしも行く」

忠兵衛が当然のような顔をして言うと、浜吉、熊造、猪吉の三人が、おれも行く、と言いだした。

「忠兵衛の旦那と猪吉には、別に頼みたいことがあるんですがね」

半次が言った。盛助ひとりを捕らえるのに、六人もで行くことはなかった。それこそ、騒ぎが大きくなって押し込み一味に気付かれる。それに、忠兵衛と猪吉は年寄りだったので、荒っぽい仕事はかえって足手《あしで》纏《まと》いになるのだ。

「盛助を長屋に連れてきて口を割らせる場所だが、前に使った空き部屋しかねえ。いま、あそこは、がらくたが置きっ放しになっている。忠兵衛の旦那と猪吉とで、あそこで、吟味できるようにしてもらいてえんで」

「お白洲か」

　忠兵衛が顔をひきしめて言った。

「そこまでは……」

　がらくたを片付ければいいのだが、半次は否定しなかった。忠兵衛と猪吉に、がらくたを片付けてくれとは言えなかったのだ。

「おもしろい。権兵衛長屋のお白洲だな」

　忠兵衛が目をひからせて言った。奉行役でもやるつもりになったのではあるまいか──。

4

　その日、陽が西の空にかたむいたころ、半次、浜吉、十兵衛、熊造の四人は、新堀川の桟橋から猪牙舟に乗った。舟は、猪吉の娘の亭主が船頭だったので、猪吉に頼んで借りてもらったのである。

半次たちは盛助を捕らえに、舟に乗って深川入船町まで行くつもりだった。舟で新堀川から大川に出て掘割をたどれば、ほとんど陸を歩かずに入船町まで行ける。それに、舟に乗せれば、捕らえた盛助を権兵衛店まで人目につかずに連れてくることもできるのだ。

「舟に乗ってくだせえ」

半次が艫に立って十兵衛たちに声をかけた。浜吉は、舳先に立って棹を握っている。

十兵衛と熊造は舟を扱えないが、半次と浜吉は、何とか舟を動かすことができたのである。

半次たちの乗る舟は、新堀川を下り、浅草御蔵の脇から大川へ出た。舟は水押しを川下にむけ、西陽を映じた川面をすべるように下っていく。

舟は両国橋、新大橋と過ぎ、永代橋をくぐったところで、左手の陸地に水押しをむけた。左手にひろがっている町が、深川である。

左手に熊井町の家並を見ながら、舟は掘割に入った。掘割を東にむかえば、富ヶ岡八幡宮の門前を経て、入船町に出られる。

入船町に入って間もなく、前方に汐見橋が見えてきたところで、半次と浜吉は舟を左手の船寄《ふなよせ》に近付けた。

舟が船寄に着くと、

「下りてくだせえ」

と、半次が声をかけた。

すぐに、十兵衛と熊造は舟から飛び下りた。

半次と浜吉は舟を舫い杭につないでから通りに出ると、先にたって歩いた。半次たちは庄五郎店までの道筋を知っていた。すでに、半次たちは、盛助の住む庄五郎店の住人にあたって盛助のことを聞き込んでいたのだ。

庄五郎店は、汐見橋の手前の路地を入ってすぐのところにあった。

「あっしと、浜吉とで様子を見てきやす。ふたりは、ここにいてくだせえ」

半次は十兵衛と熊造を長屋の路地木戸の見える路傍に残し、浜吉を連れて長屋にむかった。

夕陽が家並の向こうに沈みかけていた。まだ、長屋は騒がしかった。あちこちから、子供を叱る母親の声、男の怒鳴り声、赤子の笑い声、腰高障子をあけしめする音などが聞こえてくる。

半次たちは、井戸の左手にある棟の角に身を寄せた。その棟のふたつ目の家が、盛助の塒である。

盛助の家からは物音も話し声も聞こえなかった。

「浜吉、ここにいろ」

そう言い置き、半次は足音を忍ばせて、盛助の家に近付いた。

半次は戸口を通り過ぎながら、腰高障子の破れ目からなかを覗いてみた。

……いる！

一瞬だが、座敷に胡座をかいている盛助の姿が見えた。盛助は湯飲みを手にしていた。茶か酒か、ひとりで飲んでいるようだ。

半次は家の前を通り過ぎ、棟の後ろを通って浜吉のそばにもどった。

「いるぞ」

「どうしやす」

浜吉が小声で訊いた。

「旦那と熊造を連れてきてくれ。おれはここに残って、盛助を見張っている」

「へい」

浜吉が反転して駆けだそうとすると、

「待て、浜吉」

と、半次がとめた。

「慌てるこたァねえぜ。どうせ、盛助を押さえるのは、薄暗くなってからだ」

「承知しやした」

浜吉は、ゆっくりとした足取りで歩きだした。

それから、小半刻（三十分）ほどして、浜吉が十兵衛と熊造を連れてきた。

「盛助は、いるようだな」

十兵衛が声をひそめて訊いた。

「へい」

「踏み込むか」

十兵衛が上空を見上げて言った。

すでに陽は沈み、西の空は残照に染まっていた。軒下や樹陰などには、淡い夕闇が忍び寄っていたが、まだ昼間の明るさが残っていた。長屋は騒がしかったし、ときおり長屋の女房や子供などが通りかかって、半次に気付くと不審な目をむけた。

「もうすこし、待ちやしょう」

半次たちは、井戸のある場所の隅にあった稲荷《いなり》の陰にまわった。ちいさな稲荷だが、樫《かし》の樹が枝葉を茂らせていて、その陰に身を隠すことができる。

いっときすると、辺りは薄暗くなり、長屋の家々から灯が洩れるようになった。

「行きやすか」

半次が言った。

「よし」

半次たち四人は樫の樹陰から出ると、足音を忍ばせて盛助の家にむかった。

戸口の腰高障子の破れ目から、淡い灯が洩れていた。半次たち四人は、そっと戸口に近付いた。

……入りやすぜ。

半次が、十兵衛たちに目で合図し、そろそろと腰高障子をあけた。

だが、立て付けが悪く、ガタガタと音をたてた。

「だれでえ！」

家のなかから、声が聞こえた。盛助が気付いたらしい。

半次は一気に腰高障子をあけ、土間に踏み込んだ。十兵衛と熊造がつづき、浜吉は戸口に残った。浜吉は見張り役として戸口に残ることになっていたのだ。

盛助は座敷のなかほどにいた。湯飲みを手にしている。膝先に貧乏徳利が置いてあった。ひとりで、一杯やっていたらしい。

「盛助兄いに、ちょいと用がありやしてね」

そう言いながら半次は、座敷に踏み込んだ。

十兵衛はすばやく抜刀し、刀身を峰に返して座敷に上がった。峰打ちに仕留める気らしい。

「や、やろう！」

盛助がひき攣《っ》ったような声を上げ、腰を上げざま手にした湯飲みをいきなり半次に投げ付けた。

半次が体を横に倒してかわすと、湯飲みは土間に落ちて砕けた。

盛助は畳を這って土間に逃げようとしたが、半次が盛助の後ろから両肩をつかんで押さえ付けた。

十兵衛がすばやく切っ先を盛助の首筋にむけ、

「動くな！　首を斬り落とすぞ」

と、恫喝《どうかつ》するような声で言った。

ヒイッ、と盛助は短い悲鳴を上げて首をすくめた。

そこへ、熊造が盛助の後ろから近付き、半次に代わって盛助の両肩をつかんで押さえ付けた。熊造は巨漢の上に強力である。盛助は畳にうずくまったまま動けなくなった。

すぐに、半次が細引を取り出し、盛助の両手を後ろにとって縄をかけた。さらに、半次は手ぬぐいを取り出して、盛助に猿轡《さるぐつわ》をかませた。連れていくとき、騒ぎ立てないように口をふさいだのである。

「連れていきやしょう」

そう言って、半次が座敷の隅に置いてあった行灯の灯を消した。

急に、家のなかが暗くなった。外は夜陰につつまれている。

5

権兵衛店は、夜の帳《とばり》につつまれていた。まだ、腰高障子から灯の洩れている家もあったが、多くの家は眠りについたらしくひっそりとしている。

半次たちは盛助を空き部屋に連れ込んだ。部屋の隅に行灯が点り、忠兵衛と猪吉が待っていた。

「どうしたのだ、これは」

十兵衛が驚いたような顔をして訊いた。

「白洲を用意したんでさァ」

猪吉が照れたような顔をして言った。

忠兵衛は厳めしい顔をして、座敷の隅に立っている。

座敷の奥に、腰ほどもある高い段ができていた。長屋をまわって長持《ながもち》をいくつか集めて並べたらしい。その上に茣蓙を敷き、さらに座布団が一枚置いてあった。お白洲の奉行が座る場であろうか。その両脇に座布団が二枚ずつ並べてある。吟味方与力や書役同心の座る場所を真似たようだ。

「お白洲な」

十兵衛が呆れたような顔をした。

半次は、お白洲というより薄暗い牢内のような気がした。正面の高いところに牢名主が座り、両脇の座布団には添役《そえやく》や角役《すみやく》と呼ばれる牢役人が座る場所のようだ。

「それで、お奉行の場所には、だれが座るんで？」

熊造が、薄笑いを浮かべて訊いた。

「それは、谷崎どのだろうな。武士だし、事件のことをよく知っているからな」

忠兵衛が言った。

「い、いや、半次が座れ。一番事件のことを知っているのは、半次だ」

十兵衛が声をつまらせて言った。

半次は十兵衛に身を寄せて、

「旦那が座ってくださいよ。あっしが、盛助に訊きやすから」

と、耳打ちした。こんなことで、やり合う暇はないのだ。

「わ、分かった」

十兵衛は不服そうな顔をしたが、一段高い正面の座布団に腰を下ろした。部屋の隅に置かれた行灯の灯に横から照らされ、十兵衛の赭黒い厳つい顔が地獄の閻魔《えんま》のように見えた。なかなか似合っている。

半次と浜吉が十兵衛の左右に立ち、両側に敷かれた座布団には忠兵衛と猪吉がけわしい顔をして座った。そして、熊造が盛助を十兵衛の前に引き出し、牢番よろしく盛助の後ろについた。

「盛助、戯事《ざれごと》じゃァねえぜ。……おめえたちが、殺した夜鷹そば屋は、この長屋の住人でな。後に残された女房と娘があまりに哀れで、おれたちは押し込み一味をひとり残さず、引き裂いてやりてえのよ」

半次が、盛助を睨みつけて言った。

顔がひきしまり、双眸が行灯の灯を映じて赤くひかっている。「なまけの半次」とか「ねぼすけ半次」と呼ばれているしまりのない顔ではなかった。怒りに燃えた凄みのある顔である。

「…………！」

盛助は上目遣いに半次を見上げた。顔が蒼ざめ、体が顫えている。

「おめえが、押し込み一味だとは分かっているんだ。……まず、訊くがな、おめえたちの頭は土橋の勘兵衛かい」

半次は勘兵衛の名を出して訊いた。

「し、知らねえ。……おれは、押し込み一味じゃァねえ」

盛助が、声を震わせて言った。

「盛助、いまさら白を切ったって無駄だよ。おれたちはな、豊島も竹中も、黒犬の留もみんなつかんでいてな、極楽横丁の鶴屋で会ってることまで知ってるんだぜ」

「…………！」

盛助の顔から血の気が引き、目が不安そうに揺れた。

「頭は勘兵衛かい」

半次が語気を強くして訊いた。

「……し、知らねえ」

盛助が視線を落とし、消え入りそうな声で言った。

「面倒だな。……盛助がしゃべらなければ、佐吉をつかまえてきて、話を訊けばいいんだ。おれが、ここで盛助の首を落として、殺された亀吉の墓前にたむけてやろう」

十兵衛は立ち上がり、一段高い所から下りてきた。そして、盛助の脇に立つと、刀を抜き、

「ここは、土壇場でもあるのだ。面紙《つらがみ》はないので、目をつぶれ」

そう言って、切っ先を盛助の首筋に付けた。

盛助は激しく身を顫わせ、ウッウウ……と悲鳴とも呻《うめ》きともつかぬ声を洩らした。

「盛助、首を落とされたくなかったら、おれの訊いたことに答えろ。……おめえたちの頭は、土橋の勘兵衛か」

半次が訊いた。

「ち、ちがう。……般若《はんにゃ》の親分だ」

「般若の親分だと」

すぐに、半次が聞き返した。

「名は滝次郎《たきじろう》でさァ」

盛助によると、滝次郎の背中に般若の入れ墨があることから、仲間内で般若の親分とか般若の滝次郎とか呼ばれているそうだ。

「滝次郎は、どこにいる？」

　半次が訊いた。

「大親分の隠居所《いんきよじよ》に……」

「大親分とは、土橋の勘兵衛のことか」

「へい」

　盛助が首をすくめるようにうなずいた。

「その隠居所は、油堀の近くにある黒板塀をめぐらせた屋敷だな」

「そうでさァ」

「あの隠居所が、隠れ家か。……そうか、滝次郎は勘兵衛の子分だな」

　大親分が勘兵衛なら、親分の滝次郎はその子分のひとりであろう。しかも、滝次郎は勘兵衛の隠れ家に同居しているのである。

「大親分の右腕でさァ」

　盛助の声が、しっかりしてきた。体の顫えも、いくぶん収まっている。しゃべったことで、隠す気が失《う》せ、恐怖が薄れたのかもしれない。

「勘兵衛が年をとって動けなくなったので、代わりに右腕の滝次郎が頭として押し込みを率いていたのか」

　半次は、一味のつながりが読めた。勘兵衛は大親分として、右腕の滝次郎に一味の頭をまかせ、商家に押し込んでいたらしい。それで、押し込みの手口も平気でひとを殺す残忍さも勘兵衛とそっくりなのだ。

　押し込み一味を実際に動かしているのは、陰で指図している勘兵衛とみていい。

　そのとき、盛助の脇に立っていた十兵衛が、

「滝次郎もそうだが、おまえたちも、よく勘兵衛の言いなりになっているな。……勘兵衛は老いぼれではないのか」

　と、訊いた。腑に落ちないような顔をしている。

「……大親分は怖え男《ひと》でしてね。仲間内で、なんと呼ばれているか、知ってやすかい」

　盛助が声を落として言った。

「なんと、よばれている？」

「極楽の鬼でさァ」

「極楽の鬼だと」

　十兵衛が聞き返した。

「極楽横丁の近くに住んでいる、鬼のように怖え男ってことでさァ」

　盛助の口許に薄笑いが浮いたが、目には恐怖の色がある。

「年寄りが、鬼のように怖いのか」

　十兵衛が訊いた。

「へえ……。いまは、自分じゃァ手を出しやせんがね。大親分に逆らえば、すぐに殺されまさァ。女子供だって容赦しねえ」

「一味にくわわっている殺し人を使うのだな」

　半次は、竹中と豊島、それに黒犬の留が殺し人だろうと思った。

「大親分が、たんまり金を積みやしてね、三人を仲間に引き入れたんでさァ」

　盛助によると、勘兵衛は辻斬りや殺しを稼業にしているような男に近付いて鶴屋に誘い、酒を飲みながら話し、金や女を使って仲間に引き入れたという。

「老いてはいるが、鬼のような男だ」

　竹中たち三人を仲間にしたのは、押し込みのおりの殺し役だけでなく、勘兵衛に楯突《たてつ》く者を始末するためでもあったようだ。

それから、半次は、これまでつかんだ一味の六人の名を口にし、もうひとりの名を訊いた。ひとりだけ、分かっていなかったのだ。

「伊造《いぞう》でさァ」

伊造は滝次郎の弟分で、ふだん勘兵衛の住む隠居所にいるという。勘兵衛と滝次郎の身を守る役目だそうだ。

「これで、一味七人が分かったな」

十兵衛が、半次たちに目をやって言った。

「ところで、盛助、竹中は、いまどこにいる」

半次が、声をあらためて訊いた。

勘兵衛もくわえると、一味は八人だが、そのうち居所の知れているのは、豊島、佐吉、捕らえた盛助、それに隠居所にいる勘兵衛、頭格の滝次郎、伊造の六人である。

まだ、竹中と留次の居所が知れなかった。

「竹中の旦那は、相生町の借家を出た後、大親分の隠居所にいるようですぜ」

「留次は？」

「あの男は、分からねえ。……薄気味悪い男で、あっしらともあまり話さねえ。やつの塒を知ってるのは、親分と佐吉ぐれえだ」

「そうか」

どうやら、滝次郎か佐吉に訊くより手はなさそうだ。

6

「半次、でかしたぞ」

岡倉が言った。

神田川にかかる新シ橋の近くのそば屋だった。小上がりの奥の小座敷に、岡倉、半次、浜吉、それに岡倉が従えてきた達造がいた。

半次はこれまで探ったことを岡倉に伝えるために、巡視の道筋で待っていたのである。

「さすが、半次だ」

達造も、感心したような顔をした。

「たまたま、盛助が一味のひとりと知れやしてね。谷崎の旦那たちの手を借りて、長屋に連れてきて吐かせたんでさァ」

半次が照れたような顔をして言った。

「すぐにも、一味をお縄にしねえとな」

岡倉が顔をひきしめて言った。

「ですが、旦那、捕方が勘兵衛たちをお縄にしたことが豊島たちに知れると、逃げちまいやすぜ」

豊島、佐吉、それに殺し人の留次に逃げられると、捕らえるのはむずかしくなる。

「三か所をいっしょに襲うか」

岡倉が言った。

「できやすかい」

三か所に捕方を分散すると、捕方がすくなくなり、取り逃がす恐れがあるのではあるまいか。それに、指揮をとる岡倉は、一か所しか行けない。他の定廻り同心の手を借りる手もあるだろうが、岡倉がどう考えるかである。それに、まだ埒のつかめていない留次の捕縛はあきらめねばならない。

「うむ……」

岡倉が渋い顔をした。岡倉としても、他の同心の力は借りずに自分の手で捕らえたいのであろう。それに、多賀屋の番頭を殺した留次は逃がしたくないはずだ。

「旦那、先に佐吉と豊島を捕りやすか」

半次が言った。

「隠居所にいる勘兵衛たちが、逃げちまうんじゃァねえのか」

岡倉は不満そうだった。

「日を置かず、隠居所の連中が気付かねえうちに、隠居所を襲うんでさァ。……あっしらが、豊島を始末しやす。旦那は、佐吉を捕ってくだせえ」

半次は、捕方が腕のたつ豊島を捕らえようとすると、大勢の犠牲者が出るとみていた。それに、下手をすると取り逃がす恐れがある。斬ることになるが、十兵衛に頼んだ方が無難である。

「旦那たちは佐吉を捕らえた後、すぐに隠居所にまわれば、逃がすことはありませんや」

「留次はどうする？」

岡倉が訊いた。

「捕らえた佐吉に、留次の居所を吐かせるんで」

「すぐに、吐くまい」

「盛助が吐いていることを知れば、佐吉も口を割るはずですぜ。……それに、勘兵衛たち一味がみんなお縄になれば、佐吉も隠す気がなくなりやすよ」

佐吉は、すぐに口を割るのではないか、と半次はみた。佐吉としても、留次ひとりだけ町方の手から逃れることはおもしろくないだろう。

「よし、その手順で一味を捕ろう」

岡倉が、腹をかためたように語気を強くして言った。

「それで、いつやりやす」

半次が訊いた。

「早い方がいいな。明日の日暮れ前に佐吉を捕り、そのまま隠居所へむかおう」

「あっしらも、同じころ、豊島を始末しますよ」

半次は、豊島を捕らえるとは言わず、斬ることを匂わせた。十兵衛に頼むと、捕らえるのはむずかしい。

「谷崎の旦那も、行くのだな」

岡倉が訊いた。

「旦那にも、頼みやす」

「豊島は、半次たちにまかせた」

岡倉は十兵衛のことを知っていたので、豊島を斬ることになるとみたようだ。

「あっしらは、これで」

半次と浜吉は、立ち上がった。


半次が岡倉と会った翌日、陽が西の空にまわったころ、半次の家に十兵衛と熊造が姿を見せた。昨日のうちに、半次が十兵衛と熊造に、豊島を捕らえにいくと話しておいたのだ。十兵衛だけでなく熊造にも話したのは、うまく豊島が捕らえられたとき、熊造の強力が役に立つと思ったからである。

浜吉は、その場にいなかった。朝から黒江町に出かけ、勝右衛門店を見張っていた。豊島がいなければ、知らせにもどる手筈《てはず》になっていたが、まだ姿を見せないので、豊島は長屋にいるとみていいだろう。

「そろそろ行きやすか」

半次が言った。

「いい頃合だな」

十兵衛の顔は、ひきしまっていた。豊島と立ち合いになると、みているのであろう。

長屋の路地木戸を出ると、路傍に岡っ引きの達造が手先をふたり連れて待っていた。

「達造親分、どうしやした」

すぐに、半次が訊いた。何か手違いでもあったのではないかと思ったのだ。

「なに、岡倉の旦那にな、佐吉ひとりじゃァ手が余るから、おめえは半次に手を貸してやれ、と言われて来たのよ」

達造が苦笑いを浮かべて言った。

「ありがてえ。達造親分に手を貸してもらえりゃァ、豊島を取り逃がすことはねえ」

半次はそう言ったが、胸の内では、どうせ十兵衛にまかせることになるので、捕方の手はいらないと思った。

　半次たちは、豊島の住む黒江町にむかった。

　陽が西の家並の向こうにまわったころ、半次たちは八幡堀沿いにある勝右衛門店の路地木戸のそばまで来た。

「あっしが、様子を見てきやすよ」

　そう言って、半次は路地木戸から入ったが、すぐに浜吉を連れてもどってきた。

「豊島はいやすぜ」

　半次が言った。

「女もいっしょか」

　すぐに、十兵衛が訊いた。

「およしもいやす」

　浜吉が答えた。

「長屋に踏み込むのか？」

　十兵衛の顔に、戸惑うような表情が浮いた。いまごろ、長屋に踏み込んで豊島と大太刀まわりをやれば、大騒ぎになるとみたのだろう。

「旦那、あそこに空き地がありやすぜ」

半次が、仕舞屋の脇にある空き地を指差した。半分ほどが笹藪におおわれている。

そこは、半次と浜吉が長屋の路地木戸を見張るとき、身を隠した場所である。

「立ち合いには、いい場所だが、豊島は来るかな」

「そんときは、長屋で押さえるしかねえ」

半次が言った。

「よし、ともかく豊島と会ってみよう」

半次たちは、長屋につづく路地木戸をくぐった。

7

「戸のあいているのが、豊島の塒ですぜ」

浜吉が、腰高障子を指差して言った。

長屋の棟の角から見ると、ふたつ目の家の腰高障子が一枚あいていた。なかに、ひとがいるらしく、物音が聞こえてくる。

「おれと半次だけで入る。後の者は、念のために戸口をかためてくれ」

十兵衛が言った。

「承知しやした」

達造が応え、浜吉と手先たちがうなずいた。

十兵衛と半次は先に立って、腰高障子のあいている戸口にむかった。

十兵衛たちが戸口に立つと、流し場にいた女が振り返り、

「おまえさんたちは、だれだい」

と、訊いた。およしであろう。

かまわず、十兵衛と半次は土間に踏み込んだ。豊島は座敷のなかほどで、横になっていた。

豊島は土間に入ってきた十兵衛と半次を見ると、慌てた様子で身を起こし、

「何者だ！」

と叫びざま、部屋の隅に立て掛けてあった刀をつかんだ。

「谷崎十兵衛――。豊島、ここでやるか」

十兵衛が豊島を見すえて訊いた。顔がひきしまり、双眸がするどいひかりを宿し

ている。剣客らしい凄みのある顔である。

「なに！……おれと立ち合う気か」

豊島は、半次たちが捕らえにきたと思ったのだろう。

「いかさま。いやなら、ここに、捕方が踏み込んでくることになるぞ」

そう言って、十兵衛は背後に目をやった。

腰高障子があいていたので、戸口に立っている浜吉と達造たちの姿が見えた。

「うむ……」

豊島は、チラッと流し場にいるおよしに目をやった。

およしは流し場の前につっ立ったまま、蒼ざめた顔で身を顫わせている。

「よかろう。どこでやる」

豊島は、手にした大刀を腰に帯びた。

「路地を出たところに、空き地がある。そこで、どうだ」

「承知した」

豊島が、十兵衛を見すえて言った。

豊島の眼光はするどかった。十兵衛と立ち合う気になっているようだ。腕に覚えがあるのだろう。

十兵衛と豊島は、およそ四間の間合をとって対峙した。ふたりの立っている場は雑草におおわれていたが、足場としては悪くなかった。丈の低い雑草ばかりで、足に絡まる蔓草《つるくさ》などはなかった。

半次や浜吉たちは空き地の端に立って、十兵衛と豊島に目をやっている。いずれの顔もこわばり、いまにも飛び出していきそうな気配があった。

十兵衛は八相に構え、豊島は青眼に構えた。

……なかなかの遣い手だ。

と、十兵衛はみた。

豊島の構えには、隙がなかった。切っ先は、ピタリと十兵衛の目線につけられている。腰も据わっていた。ただ、肩に凝《こ》りがある。真剣勝負で気が昂り、力んで体が硬くなっているのだ。

「いくぞ！」

十兵衛が先に仕掛けた。

爪先で地面を摺るようにして、間合をつめ始めた。

ズッ、ズッ、と雑草を分けて、十兵衛が豊島に迫っていく。

対する豊島は動かなかった。切っ先を十兵衛の目線につけ、間合と十兵衛の気の動きを読んでいる。

ふたりの間合が狭まるにつれ、十兵衛の全身に気勢が満ち、斬撃の気配が高まってきた。ふいに、十兵衛が寄り身をとめた。一足一刀の斬撃の間境の一歩手前である。

十兵衛は全身に激しい気魄を込め、剣尖に斬撃の気配を見せた。気攻《きぜ》めである。

十兵衛は気攻めで、豊島の気を乱してから斬り込もうとしたのだ。

スッ、と豊島が身を引いた。十兵衛の気攻めに押されたのである。

刹那、十兵衛の全身に斬撃の気がはしった。

タアアッ！

裂帛の気合が静寂を劈き、十兵衛の体が躍った。次の瞬間、閃光がはしった。

八相から袈裟——。

間髪を入れず、豊島が反応した。

オオッ！

と、短い気合を発しざま、青眼から刀身を撥ね上げた。

ふたりの刀身が、眼前で合致し、甲高い金属音とともに青火が散った。豊島が十兵衛の斬撃を受けたのである。

が、豊島の腰がくだけて後ろへよろめいた。一瞬、豊島の受けの太刀が遅れ、十兵衛の斬撃に押されたのである。

すかさず、十兵衛が二の太刀をふるった。

ふたたび八相に構えて袈裟へ——。

ザクリ、と豊島の着物が肩から胸にかけて裂けた。豊島はさらに後ろへ逃げ、十兵衛との間合をとった。

豊島はふたたび青眼に構えたが、刀身がワナワナと震えている。腰も揺れていた。傷が深く、立っているのもやっとのようだ。

豊島の肩口から噴出した血が、赤い牡丹の花弁を散らすように着物を染めていく。

「お、おのれ！」

豊島は目をつり上げ、歯を食いしばり、切っ先を十兵衛にむけた。まだ、やる気らしい。

「豊島、これまでだ」

十兵衛は、勝負あったとみた。

「まだだ！」

叫びざま、豊島が踏み込んできた。

気攻めも牽制《けんせい》もない。捨て身の攻撃である。豊島は十兵衛との間合が斬撃の間境を越えるや否や斬り込んできた。

青眼から刀を振り上げざま真っ向へ――。

斬撃に鋭さがなく、動きも緩慢だった。

十兵衛は横に跳んで斬撃をかわしざま、刀身を横一文字にはらった。

切っ先が、豊島の首をとらえた。

瞬間、豊島の首がかしげ、首筋から血飛沫《ちしぶき》が驟雨のように飛び散った。十兵衛の一颯《いっさつ》が、首の血管《ちくだ》を斬ったのである。

豊島は血を撒きながらよろめいたが、爪先を草株にひっかけて、頭からつっ込むように転倒した。叢《くさむら》に俯せに倒れた豊島は、もそもそと四肢を動かしていたが、すぐに動かなくなった。絶命したようである。

「旦那ァ！」

半次や浜吉たちが、十兵衛のそばに駆け寄ってきた。

十兵衛は血刀を引っ提げたまま豊島の脇に立っていたが、ひとつ大きく息を吐くと、

「何とか、豊島を討ったな」

と、つぶやいた。十兵衛の顔から剣客らしい厳しさが消え、いつもの顔にもどっている。

「さすが、旦那だ。……強《つえ》えや」

浜吉が、昂った声で言った。

「いまごろ、岡倉どのたちは、佐吉を捕らえたかな」

十兵衛が西の空に目をやった。

陽は家並の向こうに沈み、茜色の残照がひろがっている。

「旦那、あっしらも隠居所へ行きやしょう。勘兵衛たちを逃がしちまったら、どうにもならねえ」

半次が言うと、そばにいた浜吉たちもうなずいた。

そのころ、岡倉は二十数人の捕方をしたがえて、勘兵衛たちが身を隠している隠居所にむかっていた。すでに、佐吉は捕らえ、数人の捕方に命じて近くの番屋に連行させていた。岡倉たちは十兵衛たちが来るのを待って、隠居所に踏み込むことになるだろう。

第六章　刹鬼たち

1

半次たちが、暮れ六ツ（午後六時）の鐘の音を聞いたのは、油堀沿いの道に入って間もなくだった。まだ、西の空には残照がひろがり、上空は明るかったが、堀の岸辺に群生した葦や樹陰には淡い夕闇が忍び寄っていた。

「あの屋敷ですぜ」

半次が前方を指差して言った。

黒板塀をめぐらせた屋敷だった。勘兵衛たちが身をひそめている隠居所である。茜色の残照のなかに、黒ずんだ屋敷の輪郭がくっきりと浮かび上がっていた。

「あそこに、岡倉の旦那たちがいやすぜ」

達造が指差した。

見ると、屋敷の黒板塀の陰にいくつかの人影が見えた。捕方たちらしい。

半次たちは、小走りになった。隠居所に近付くと、岡倉の姿が確認できた。岡倉は、捕物出役装束ではなかった。巡視のおりの格好でもない。黒羽織に袴姿で二刀を帯びていた。御家人か、江戸勤番の藩士といった格好である。八丁堀同心と気付かれない身装《みなり》で、来たらしい。佐吉を捕らえる段階で、八丁堀同心が捕物に来ていると気付かれたくなかったのだろう。

岡倉のまわりにいる捕方たちも、捕物装束ではなかった。ふだん町筋を歩いているときの格好である。ただ、六尺棒を持っている者が数人いた。十手だけで取り押さえるのはむずかしいとみたのであろう。

半次たちが黒板塀に近付くと、岡倉が足音を忍ばせて路地に出て来た。

半次は岡倉に豊島が抵抗したので、やむなく十兵衛が斬り殺したことを伝えた後、

「勘兵衛たちは、いやすかい」

と、声をひそめて訊いた。

「いるようだ」

岡倉は、昼過ぎから表門と裏口に見張りを配置していたことを言い添えた。

「踏み込みやすか」

　半次が訊いた。

「そのつもりだ。谷崎の旦那も、手を貸してくれ」

　岡倉は、屋敷内にいる竹中仙十郎を腕のたつ十兵衛にまかせたかったのだ。捕方の手で竹中を捕縛しようとすると、何人もの犠牲者が出るし、捕方の多くを竹中にむけると勘兵衛や滝次郎を取り逃がす恐れがあったのだ。

「承知した」

　十兵衛も、竹中を斬るつもりできていた。

　すでに、十兵衛は竹中とは立ち合っていたが、決着がついていなかった。十兵衛は、ひとりの剣客として竹中と勝負を決したかったのである。

「達造、おめえは、手先を連れて裏手へまわってくれ。昌吉《まさきち》たちが十人ほどで裏手をかためているので、いっしょに踏み込め」

　岡倉が言った。

　昌吉も、岡倉に手札をもらっている岡っ引きだった。屋敷の裏口の逃げ道をふさぐとともに、表と裏から挟み撃ちにするつもりなのだろう。

「へい」

すぐに、達造は三人の手先をつれて、黒板塀の脇から裏手にまわった。

「行くぞ」

岡倉は、捕方たちをしたがえて表門にむかった。捕方は二十人ほどいた。岡っ引きや下っ引き、それに奉行所に奉公している中間《ちゅうげん》や小者《こもの》もまじっている。

半次と十兵衛も、岡倉たちについて表門にむかった。

片開きの門扉は、すぐにあいた。まだ、戸締まりはしていなかったらしい。もっとも、簡素な造りなので、体当たりでもすれば門を破るのは容易であろう。

門を入るとすぐ戸口になっていたが、戸はあいていた。土間の先に、板敷きの間がある。その板敷きの間に人影があった。勘兵衛の手下であろうか。なかは薄暗く、男であることが分かっただけである。

「踏み込め！」

岡倉が声を上げた。

捕方たちが、いっせいに土間に踏み込んだ。

御用！　御用！

と声を上げ、捕方たちが十手や六尺棒を板敷きの間にいた若い男にむけて迫った。

「町方だ！」

男は叫び声を上げ、慌てて反転すると、板敷きの奥の障子をあけた。

そこは、ひろい座敷になっていた。正面に長火鉢があり、その奥に豪勢な神棚がしつらえてあった。長火鉢を前にして、ひとりの男が座っていた。老齢らしく、鬢や髷は真っ白だった。痩身で、すこし背がまがっている。

その男の脇に、別の男の背が見えた。大柄でがっちりした体軀である。

「ま、町方だ！　踏み込んできやがった」

若い男が、ひき攣《つ》ったような声で叫んだ。

「梅助《うめすけ》、騒ぐんじゃありませんよ。……何かの間違いでしょう」

老齢の男は、やわらかい声で言うと、ゆっくりと立ち上がった。やけに、落ち着いている。

鼻梁が高く、目の細い男だった。口許に、笑みが浮いていた。ただ、岡倉たちにむけられた目には、刺すようなひかりが宿っている。

若い男は、梅助という名らしい。屋敷内で使っている若い衆であろうか。

「土橋の勘兵衛か。神妙にしな」

岡倉が、十手をむけて言った。老齢の男の風貌と座っていた場所から勘兵衛とみたらしい。

「お役人さま、てまえは、隠居でございます。……名は与茂吉《よもきち》。勘兵衛などという男とはかかわりがありません」

男が腰をかがめて言った。

すると、脇にいた大柄な男が、

「この方は、鶴屋のご隠居だよ。……勘兵衛などという名は、聞いたこともねえぜ」

「おまえは、伊造か」

岡倉は、その体軀から伊造とみたようである。

「なに！」

大柄な男の顔がこわばった。岡倉が、いきなり伊造の名を口にしたからであろう。

「伊造、おめえも、神妙にお縄を受けな」

「お、おれは、伊造じゃァねえ」

大柄な男が、声をつまらせて言った。顔がひき攣《つ》ったようにゆがんでいる。

「いまさら、白を切ったって無駄だぜ。……盛助と佐吉をお縄にしてな。ふたりが、みんな吐いたのよ」

佐吉は捕らえたばかりだったが、岡倉はそう言った。

「かまわねえ、捕れ！」

岡倉が十手を振った。

土間にいた捕方たちが、板敷きの間に上がり、御用！　御用！　と声を上げながら、奥の座敷に踏み込もうとした。

そのとき、座敷の右手の障子があき、男がふたり入ってきた。ひとりは、中背で総髪の牢人だった。竹中仙十郎である。もうひとりは、年配の男で、眉の濃い、剽《ひょう》悍《かん》そうな面構えの男だった。勘兵衛の右腕、押し込み一味の頭、般若の滝次郎らしい。

「岡倉どの、牢人が竹中だ」

十兵衛が言った。

「これで、役者が揃《そろ》ったな。もうひとりは、滝次郎だな」

岡倉は、半次から滝次郎の年格好を聞いていたのだ。

「親分、ここは、おれたちにまかせて、裏手から逃げてくだせえ」

言いざま、滝次郎が懐から匕首を取り出した。

すると、勘兵衛の脇にいた伊造も、匕首を手にして腰をかがめた。飛びかかってくるような気配がある。

一方、竹中はゆっくりとした足取りで、滝次郎の前に出ると、

「おれの相手は、谷崎か」

そう言って、十兵衛を見すえた。

「ここで、やるか」

十兵衛が訊いた。

「捕方たちが邪魔だ。表へ出ろ」

竹中は手にしていた大刀を腰に帯びると、ゆっくりした足取りで板敷きの間に出てきた。慌てて捕方たちが左右に分かれ、竹中をさけるようにして座敷に踏み込んだ。すると、滝次郎と伊造が、捕方たちの前に立ちふさがり、勘兵衛は梅助に守られながら廊下に出た。裏手から逃げる気らしい。

「勘兵衛を逃がすな！」

岡倉が叫んだ。

勘兵衛が逃げるのを見た半次は、板敷きの間の隅を通って廊下へ出た。勘兵衛を追ったのである。

2

十兵衛は、戸口の前で竹中と対峙した。そこは表門との間で、ふたりで立ち合うだけのひろさがあった。

「ここで、亀吉の敵を討たせてもらうぞ」

十兵衛は抜刀し、切っ先を竹中にむけた。

「亀吉というと、おれが斬った夜鷹そば屋か」

言いざま、竹中も刀を抜いた。

「そうだ。亀吉は、おれと同じ長屋に住んでいたのだ」

「うぬら、夜鷹そば屋の敵を討つために、おれたちを追っていたのか」

竹中が驚いたような顔をした。

「半次も、おれもな」

「殊勝なことだな」

竹中が薄笑いを浮かべた。

「ここに来る前に、おれが豊島を斬ったぞ」

十兵衛はゆっくりと青眼に構え、切っ先を竹中にむけた。

「なに、豊島を斬っただと！」

竹中の顔から薄笑いが消え、双眸に怒りの色が浮いた。

「次はおぬしの番だな」

「おのれ！」

竹中は八相に構えた。相生町で、立ち合ったときと同じ構えである。十兵衛を見すえた目が切っ先のようにひかっている。

青眼と八相――。

ふたりの間合は、四間ほどだった。まだ、遠間である。

竹中が摺り足で、十兵衛との間合を狭めてきた。

十兵衛はふたたび青眼に構えた。

先《せん》をとったのは、十兵衛だった。つつッ、と足裏で地面を摺りながら、竹中との間合をつめた。すばやい寄り身である。

一気に、竹中との間合が狭まった。十兵衛の全身に斬撃の気が高まり、一足一刀の間境まであと半歩に迫ると、いきなり斬り込んだ。

タアッ！

短い気合を発し、青眼から真っ向へ――。

十兵衛の踏み込みは浅かった。わざと、切っ先がとどかない間合から斬り込んだのである。

捨て太刀だった。斬り込むことで、竹中の構えをくずし、斬撃を誘ったのである。

この誘いに、竹中が乗った。

甲走った気合を発しながら、斬り込んできた。

踏み込みざま八相から袈裟へ――。

捨て身の斬撃だったが、鋭さと迅《はや》さがなかった。

瞬間、十兵衛は右手に体を寄せ、刀身を横に払った。神速の太刀捌きである。

十兵衛の切っ先が、竹中の胴を深くえぐった。血が流れ出、横に裂けた傷口から臓腑が覗いている。竹中は上体を折るようにかしげて、前によろめいた。

竹中は左手で腹を押さえてうずくまり、苦しげな低い呻き声を洩らした。指の間から、血が赤い糸を引いて流れ落ちている。

……竹中は助からない。

と、十兵衛はみた。生かしておいても、苦しめるだけである。

十兵衛は竹中の脇に身を寄せると、

「とどめをさしてくれよう」

言いざま、刀身を一閃させた。

にぶい骨音がし、竹中の首が前にかしいだ。次の瞬間、竹中の首から血が激しく飛び散った。

竹中は首から血を噴出させながら、ゆっくりと前につっ伏した。

……終わったな。

十兵衛が胸の内でつぶやいた。

十兵衛は手にした刀に血振《ちぶ》りをくれ、ゆっくりと納刀した。真剣勝負の気の昂りが静まり、十兵衛の全身を駆けめぐっていた血の滾《たぎ》りが潮の引くように収まり、顔の厳しさが薄れていく。

3

半次は、隠居所の裏手の台所にいた。勘兵衛を追って来たのである。

勘兵衛、滝次郎、梅吉の三人が、竈《へっつい》や流し場のある土間の手前の板間にいた。滝次郎は踏み込んできた捕方たちの前にたちふさがって勘兵衛を逃がした後、この場に駆け付けたのだ。

滝次郎と梅吉は匕首を手にし、背後にいる勘兵衛を守るように立っていた。三人のいる場は食器や酒器などを並べた棚があり、座敷に通じる廊下にもなっていた。

土間には、達造たち捕方が十人ほどいた。裏口から侵入して来て、逃げて来た勘兵衛たちと鉢合わせしたらしい。

捕方たちは、殺気だった顔をして勘兵衛たちに十手や六尺棒をむけていた。おそらく、勘兵衛と察知したのだろう。

「勘兵衛、御用だ！」

達造が叫んだ。

その声で、捕方たちはすばやく左右にまわり込み、勘兵衛たちを取りかこんだ。

半次も十手を手にし、勘兵衛の左手にまわり込んだ。隙をみて、勘兵衛を取り押さえるつもりだった。

「ちくしょう！　こうなったら、皆殺しにしてやる」

滝次郎が吠えるような声で叫び、匕首を胸の前に構えた。

梅吉は匕首を手にしていたが、顔は蒼ざめ、体は顫えていた。滝次郎のような凶猛さはないようだ。

勘兵衛は滝次郎の後ろについて、逃げ場を探すように視線を動かしている。こうなると、鬼と呼ばれて恐れられた勘兵衛も、ただの年寄りである。

「神妙にしやがれ！」

言いざま、達造が滝次郎に近寄って十手をむけた。

「やろう！」

滝次郎が踏み込みざま、達造を狙って匕首を横に払った。俊敏な動きである。

ワッ！　と声を上げ、達造は後ろに身を引いたが、間に合わなかった。左袖が裂け、あらわになった腕に血の色が浮いた。ただ、浅く皮膚を裂かれただけらしい。

そのとき、滝次郎の右手にいた捕方が、手にした六尺棒を突き出した。棒の先が、滝次郎の横腹をとらえた。

グッ、と喉のつまったような呻き声を上げ、滝次郎がよろめいた。

これを見た別の捕方が、すばやく脇から飛び込み、匕首をにぎった滝次郎の右手に十手をたたきつけた。

滝次郎は、匕首を取り落とした。そして、滝次郎が十手をつかもうとして腰をかがめたところに、右手にいた捕方が六尺棒を振り下ろした。

ごつん、とにぶい音がし、滝次郎が身をのけ反らせた。六尺棒が滝次郎の頭を強打したのだ。ゆらっ、と滝次郎の体が揺れ、腰から沈むように転倒した。頭を打たれて、目が眩《くら》んだようだ。

すぐに、ふたりの捕方が倒れた滝次郎を押さえつけ、両腕を後ろにとって早縄をかけた。

この間に、梅吉も捕方たちに取り押さえられた。観念したのか、梅吉はまったく抵抗せずに縄を受けた。

「土橋の勘兵衛、観念しな」

半次は勘兵衛の前に立って十手をむけた。

「ち、近寄るな！」

勘兵衛は憤怒に顔をゆがめ、両手を前に出して後じさった。

「勘兵衛、往生際が悪いぜ。おめえは、鬼と呼ばれて恐れられた男じゃァねえのかい」

半次が、勘兵衛に近付いた。

「お、おれは、ただの隠居爺《いんきょじじ》いだ」

勘兵衛は後じさったが、背が板壁に迫ると、足をとめた。それ以上、下がれなくなったのである。

勘兵衛は目をつり上げ、身を顫わせてつっ立っていたが、半次が十手の先を喉元につけると、その場にへたり込んだ。

「茅町の、縄をかけてくれ」

半次が勘兵衛の両肩を押さえて言った。

達造の傷は浅手だった。半次は、達造に陰の頭目である勘兵衛の捕縛をまかせようと思ったのである。

「よし」

達造は細引を手にして、勘兵衛の後ろにまわった。

すぐに、達造が勘兵衛の両手を後ろにとって早縄をかけた。達造は長年岡っ引きをやっているだけあって、手際がよかった。

「連れていくぞ」

達造が捕方たちに声をかけ、勘兵衛たち三人を戸口に連れていった。

戸口には、岡倉たちに捕らえられた伊造の姿もあった。伊造は苦痛に顔をしかめていた。瞼《まぶた》が腫《は》れ上がり、額に青痣《あおあざ》ができていた。捕方に抵抗し、十手や六尺棒で殴られたようである。

捕物は終わったようだ。隠居所にいた竹中を討ち、勘兵衛、滝次郎、伊造の三人と若い衆の梅吉を捕縛できたわけである。

「引っ立てろ！」

岡倉が、捕方たちに声をかけた。

捕方が隠居所を襲った二日後――。

陽が西の空にまわったころ、岡倉は十数人の捕方をしたがえて、深川熊井町にむかった。押し込み一味のひとり、留次を捕らえるためである。

岡倉は勘兵衛たちを捕らえたその夜のうちに、南茅場町の大番屋で佐吉を訊問した。留次の塒を吐かせるためである。

佐吉は、すぐに留次の塒を口にしなかった。ところが、岡倉が、勘兵衛や滝次郎たちを捕らえ、竹中と豊島は歯向かったために斬り殺したことを話すと、佐吉は留次の居所をしゃべった。佐吉は、留次だけ逃げ延びることが、おもしろくなかったらしい。

佐吉によると、留次は熊井町の借家にかこっている情婦《いろ》のところに身を隠しているという。

こうした経緯があって、岡倉は佐吉がしゃべった翌日、捕方を集めて熊井町にむかったのだ。岡倉が日を置かずに動いたのは、留次が塒から逃走する前に、捕らえようと思ったからである。

捕方のなかに、半次もくわわっていたが、十兵衛の姿はなかった。相手が留次ひとりなので、岡倉は十兵衛の手を借りるまでもないと思ったようだ。ただ、捕方たちのなかに、突棒《つくぼう》、袖搦《そでがらみ》、刺又《さすまた》などの長柄の捕具を手にしている者が何人かいた。

留次は殺しを稼業にしている男で、匕首を巧みに遣い、黒犬の留と呼ばれて恐れられていた。そうした凶猛な男を捕らえるには、捕方の十手だけではむずかしい、と岡倉はみたのである。

留次は、捕方たちに取りかこまれると、匕首をふるって激しく抵抗した。だが、長柄の捕具が効果を発揮した。留次は八方から突棒などで突かれたりたたかれたりし、全身血塗れになって取り押さえられた。

岡倉は留次を捕縛すると、そばにいた半次に、

「半次、勘兵衛一味をお縄にできたのは、おめえや谷崎の旦那のお蔭かもしれねえな」

と、苦笑いを浮かべて言った。

岡倉の顔には、名うての盗賊を捕らえた安堵《あんど》と満足の色があった。

4

半次は、戸口に近付いてくる足音を聞いて目を覚ました。ひとりではなかった。三、四人の足音である。

半次が掻巻にくるまったまま腰高障子に目をやると、強い陽射しを映じて白く輝いている。

すでに、五ツ（午前八時）を過ぎているのではあるまいか。

……また、寝坊を笑われる！

と思い、半次は慌てて掻巻を撥ね除けて飛び起きた。

足音は腰高障子の向こうでとまった。

「半次さん、いる？」

紀乃だった。

「ま、待て——」

半次は寝間着を脱ぎ、褌ひとつになったところだった。いま、紀乃を家に入れるわけにはいかなかった。

　半次は慌てて小袖に腕を通し、帯を結んだ。

「入ってくれ」

　半次は、夜具を部屋の隅に押しやりながら言った。

　すぐに腰高障子があき、紀乃につづいて、お寅、さらに亀吉の女房のお梅と娘の
おときが入ってきた。お寅は、握りめしを載せた皿を持っていた。お梅とおときは、
小鉢を手にしている。

「おや、また、寝てたね」

　お寅が、爪先で夜具を座敷の隅に押しやっている半次を見て言った。

　紀乃、お梅、おときの三人は、土間に立って半次に目をむけている。

「そ、そうじゃァねえ。……座敷が散らかってたので、片付けてたとこだ」

　半次は、乱れた髷を手でなおしながら、座敷のなかほどに座ると、

「どうしたい、四人も、お揃いで」

　と、お寅たちに目をやりながら言った。

「半次さん、朝めしは、まだなんだろう」

お寅が急に猫撫で声で言った。ふだんは、半次と呼び捨てにしているが、半次さんと呼んだ。

「まだだが……」

半次は、お寅たち三人が手にしている物に目をやりながら言った。

「お梅さんと、相談してね。……半次さんには、酒より握りめしを食べてもらった方がいいってことになったんだよ。それで、こうやって、持ってきたんだ」

「そいつは、ありがてえが、どういう風の吹きまわしだい」

お寅が、食べ残っためしを握りめしにして持ってきてくれることはあったが、四人もで揃ってくることはなかった。

「お梅さんとおときさんが、半次さんたちにお礼がしたいって言ってね。あたしやお寅さんに、相談に来たの」

紀乃が、笑みを浮かべて言った。

「お礼だと……。おれは、礼を言われるようなことは、しちゃいねえぜ」

半次は、土間に立っているお梅とおときに目をやった。

ふたりとも痩せて憔悴しているように見えたが、表情はおだやかだった。口許には、笑みさえ浮いている。

「半次さんたちが押し込み一味をお縄にして、亀吉さんの敵を討ってくれたじゃァない」

紀乃が言うと、お寅が、

「これで、お梅さんも、おときさんも、胸につっかえていた物がとれたって……。それにね、お梅さんとおときさん、通りにある笹川屋《ささがわや》に手伝いに行くことになったんだよ」

と、しんみりした声で言った。

「そいつは、よかった」

笹川屋は、新堀川沿いの通りにあるそば屋だった。どうやら、お梅とおときは、笹川屋の小女に雇ってもらったらしい。

……これで、母娘《おやこ》ふたり、暮らしていけるな。

半次が胸の内でつぶやいた。

ふたりの表情がおだやかな理由が分かった。やっと、亀吉を殺された悲しみと怒りが薄らぎ、これから母娘ふたりで暮らしていける算段がたったからであろう。

「み、みんな、半次さんたちのお蔭です」

お梅が声をつまらせて言うと、

「半次さん、ありがとう……」

と、おときが涙声で言った。

「お、おれより、谷崎の旦那や忠兵衛さんたちが、やったことだぜ」

半次は、顔を赤らめた。お梅とおときに、涙ながらに礼を言われて、照れたのである。

「あたしら、谷崎の旦那や忠兵衛さんの家も、まわってきたんだよ」

お寅によると、十兵衛や忠兵衛には、酒をとどけたという。

「あたしが、半次さんのところは、お酒より、握りめしと総菜がいいって言ったの。きっと、朝餉もまともに食べてないからって……」

そう言って、紀乃が手にした小鉢を上がり框に置いた。

「そうかい」

半次は、朝餉もまともに食べていないというのは余分だと思ったが、何も言わなかった。小鉢に目をやると、ひじきと油揚げの煮染《にしめ》が入っていた。うまそうである。

「食べておくれ」

お寅が、握りめしを載せた皿を上がり框に置くと、お梅が手にした小鉢を脇に添えた。こちらの小鉢のなかには、たくあんが入っている。

「それじゃァ、ごっそうになるかな」

半次は、急に空腹を覚えた。

「半次、慌てて食べて喉につまらせるんじゃァないよ」

お寅がそう言い残し、紀乃たちといっしょに戸口から出ていった。いつの間にか、お寅は半次を呼び捨てにしていた。

紀乃やお寅たちが帰った後、半次は流し場で顔を洗い、握りめしと惣菜の入った小鉢を前にして、胡座をかいた。

さて、食べようか、とつぶやき、半次が握りめしに手を伸ばすと、また、戸口に近付いてくる足音がした。やはり、三、四人の足音である。

腰高障子があいて、顔を出したのは、十兵衛、忠兵衛、熊造、それに猪吉の四人だった。十兵衛、忠兵衛、熊造の三人が、貧乏徳利を提げ、猪吉が四人の湯飲みを手にしている。

「半次、めしは後だぞ」

　十兵衛が声高に言った。

「朝っぱらから、酒ですかい」

　半次は急いで手にした握りめしにかぶりついた。腹がすいていたので、いまは酒よりめしだった。

「お寅たちが、みんなで一杯やってくれと、酒をとどけてくれたのだ」

　十兵衛が言うと、

「まァ、今日だけは、お梅やおときの気持ちを汲んでだな。わしも、付き合おうと思ったのだ」

　忠兵衛が、いかめしい顔をして言った。

「今日は、忠兵衛さんの小言は、なしだそうで」

　熊造が、口許に薄笑いを浮かべた。

「邪魔するぞ」

　十兵衛が座敷に上がると、他の三人もドカドカと上がってきた。

十兵衛たち四人は、半次をとりかこむように車座になると、

「さァ、飲むぞ」

と、十兵衛が嬉しそうに声を上げた。

小半刻（三十分）ほど、飲んだろうか、

「半次、わしらはな、酒盛りに来たわけではないぞ」

と忠兵衛が、急に顔をけわしくして言った。

「何しに来たんで？」

半次は、酒の入った湯飲みを口の前にとめたまま訊いた。

「捕らえた勘兵衛たちが、どうなったか知りたいのだ。……どうだ、勘兵衛たちは白状したのか」

忠兵衛が訊くと、十兵衛たちも半次に顔をむけた。

岡倉が捕方とともに、勘兵衛たちが身をひそめていた隠居所に踏み込んで、半月ほど過ぎていた。

捕らえられた勘兵衛たちは、南茅場町の仮牢に入れられ、吟味方与力の吟味を受けていたが、忠兵衛たちは吟味の様子を知らないようである。

「吐いたようですぜ」

その後、半次は岡倉に何度か会い、吟味のことを聞いていた。

当初、捕らえられた一味の者は、いずれも白を切っていたらしいが、先に捕らえられた盛助が口を割っていることを知ると、まず佐吉が口をひらき、つづいて伊造も話しだしたという。最後まで、口をひらかなかった勘兵衛も、吟味方与力が拷問を匂わすと、観念してしゃべり始めたそうだ。

「やはり、陰で糸を引いていたのは、勘兵衛なのか」

忠兵衛が訊いた。

「そのようで。……滝次郎を頭目の後釜に据え、狙う店や押し込みの手順まで指図していたようでさァ。年寄りだが、鬼みてえなやつで」

「極楽横丁の鬼か――」

そう言って、十兵衛がグイと湯飲みの酒を飲んだ。

「谷崎の旦那、だいぶ顔が赤くなってきやしたぜ。旦那は、ふきだまり長屋の鬼みてえだ」

そう言って、熊造が大口をあけて笑うと、

「熊造、よけいなことを言うな」

十兵衛が渋い顔をした。

「ところで、一味の男たちにくっついていた情婦《おんな》たちはどうなりやした」

猪吉が訊いた。

「鶴屋のおつた、豊島の妾のおよし、それに佐吉の情婦《いろ》のおとせは、町方が捕らえやした。……三人とも、無罪放免とは、いかねえんじゃァねえかな」

女たちも罪状に応じて罰せられるだろう、と半次はみていた。

「勘兵衛をはじめ、一味の者たちは、獄門晒首だろうな」

十兵衛が厳しい顔をして言った。

「勘兵衛たち鬼どもは、地獄に堕ちるってことだな」

忠兵衛が、もっともらしい顔をして言うと、

「この世の鬼どもが、地獄の鬼に責められるのかい」

熊造が湯飲みを手にしたまま独言のようにつぶやいた。

「悪いことは、できんというわけだな」

十兵衛は、まァ、飲め、と言って、熊造の湯飲みに酒をついでやった。

時とともに、男たちの顔が、赭黒く染まってきた。車座になって、大声で気炎を上げながら飲んでいる光景は、さながら地獄の鬼の酒盛りのようであった。

この作品は書き下ろしです。

半《はん》次《じ》と十《じゅう》兵《べ》衛《え》捕《とり》物《もの》帳《ちょう》

極《ごく》楽《らく》横《よこ》丁《ちょう》の鬼《おに》

鳥《と》羽《ば》亮《りょう》

平成25年10月10日　初版発行

発行人――石原正康
編集人――永島賞二
発行所――株式会社幻冬舎
〒151-0051東京都渋谷区千駄ヶ谷4-9-7
電話　03(5411)6222(営業)
03(5411)6211(編集)
振替00120-8-767643
印刷・製本―株式会社 光邦
装丁者――高橋雅之

幻冬舎時代小説文庫

ISBN978-4-344-42105-9　C0193　と-2-28

幻冬舎ホームページアドレス　http://www.gentosha.co.jp/
この本に関するご意見・ご感想をメールでお寄せいただく場合は、
comment@gentosha.co.jpまで。